La première fois que je suis tombée amoureuse

MIXTE
Papier issu de
sources responsables
FSC® C118234

Illustration de couverture : Lucie Mazel
Directrice de collection : Judith Peignen

14 bis, rue des Minimes, 75003 Paris
www.playbac.fr

NATHALIE KUPERMAN

La première fois que je suis tombée amoureuse

playBac

Pour Carlotta.

Chapitre 1
Le nouveau

C'est Sarah qui a parlé de lui en premier.

– Il est pas mal, le nouveau, t'en penses quoi ?

Qu'est-ce que j'en pensais ? Il était hyper-craquant : les cheveux noirs, une mèche sur l'œil, la peau brune et des yeux vert émeraude. (Il faudra que je vérifie si l'émeraude est vert clair ou vert foncé, mais lui, c'était très clair.) Pas très grand, mais je n'aime pas les grands et leur air moqueur quand ils se penchent vers moi pour me faire la bise. (On l'aura compris, je suis petite. Comme ça, c'est dit.)

J'ai fait la moue, du genre « Mouais, pas terrible », mais je savais en disant ça que je me mentais à moi-même. On l'appelait « le nouveau », il avait débarqué un mois après le début des cours, et il restait tellement dans son coin que ça ne nous donnait pas envie de l'appeler par son prénom.

– Quand même, a continué Sarah, personne ne lui parle, c'est pas cool.

– Oui, mais tu crois vraiment qu'il veut qu'on aille vers lui ? C'est pas l'impression qu'il donne.

Pourtant, ce n'était pas l'envie d'aller lui parler qui me manquait. Et, pour être très franche, ça datait du jour où il avait fait irruption dans notre classe, un matin d'octobre, poussé comme du bétail par Meuh. Meuh, c'est le surnom qu'on donne au conseiller d'éducation parce que, justement, il nous prend pour des veaux. (Et il ne se prive pas de nous répéter qu'on est des petits veaux.)

– On pourrait essayer, a insisté Sarah. Juste pour voir. Juste comme un jeu. S'il nous envoie bouler, on saura que c'est un naze et on ne lui adressera plus jamais la parole.

J'ai hésité. Je ne voulais pas forcément avoir la preuve que ce garçon se fichait complètement de nous, enfin, de moi. Mais en même temps, j'étais curieuse, et puis, comme le disait Sarah, c'était juste un jeu.

– OK. Mais c'est toi qui lui parles en premier.

Sarah s'est moquée de moi.

– Je ne comptais pas sur toi, t'inquiète !

On s'est dit qu'on irait l'aborder après la cantine. Et on s'est tapé dans la main pour se donner du courage. Moi, je me rassurais en me répétant que c'était un jeu et que ça n'irait pas plus loin. Et puis, Sarah avait raison ; c'est plus difficile pour un nouveau de faire les premiers pas que l'inverse. En tout cas, j'essayais de me persuader que je ne courais aucun risque. Mais j'avais peur de quoi ?

On a pris nos plateaux et on a choisi nos plats en se bouchant le nez, tellement le menu, ce jour-là, était infâme. Finalement, Meuh avait raison : on nous considérait vraiment comme du bétail.

On est allées s'asseoir avec nos betteraves trop cuites, nos épinards trop mous et notre viande trop sèche à une table où, par miracle, ne traînaient pas les restes du premier service. Évidemment, la carafe était vide et j'ai proposé à Sarah d'aller la remplir à la fontaine à eau. Évidemment, il y avait déjà trois élèves qui attendaient. Quand est enfin arrivé mon tour de remplir la carafe, j'ai été bousculée et la carafe m'a échappé des mains pour se briser en mille morceaux sur le carrelage.

– Merde ! ai-je crié. (Et j'ai tout de suite pensé à maman qui m'aurait fait les gros yeux.)

– Pardon, je ne l'ai pas fait exprès, j'ai glissé sur un épinard, a dit un garçon.

Je me suis retournée, et j'ai fait un bond en arrière. Le garçon qui m'avait bousculée, c'était lui.

Un surveillant a foncé sur moi.

– Ah, bravo ! Ben qu'est-ce que t'attends pour aller chercher le balai et la pelle !

– Ce n'est pas de sa faute. Le coupable, c'est moi !

Je n'en revenais pas. Le nouveau venait à mon secours alors que je n'avais rien demandé. Il a suivi le surveillant dans la remise et en est ressorti avec le balai. Moi, je n'osais pas retourner m'asseoir. Je devais au moins tenir la pelle pour l'aider. Et c'est ce qui s'est passé : il balayait, je récupérais les morceaux de verre dans la pelle et la vidais dans un sac en plastique. Il souriait en balayant, je lui rendais son sourire en me baissant pour recevoir les débris de la carafe.

– Merci, lui ai-je dit quand on a eu terminé.

– On est tous les deux coupables, non ?

J'ai vaguement bredouillé, en essayant d'être drôle :

– C'est de la faute à leurs affreux épinards.

Il n'a pas ri, mais il m'a regardée comme s'il se souvenait vaguement qu'on s'était déjà vus quelque part.

– On n'est pas dans la même classe ?

– Ben, si. Cinquième B.

– Alors on se reverra. C'est quoi ton nom ?

– Pauline. Et toi ?

Je savais parfaitement comment il s'appelait, mais je voulais faire celle qui avait oublié (alors que la prof l'avait présenté devant toute la classe), histoire qu'il ne s'imagine pas que je m'intéressais à lui.

– Gaëtan. Bon, à plus.

Et il a tourné les talons, me laissant comme une idiote. J'ai repensé à ma blague toute pourrie sur les épinards et j'aurais tout donné pour revenir en arrière et n'avoir rien dit. Décidément, les épinards et moi, on allait rester fâchés un bon moment.

Je suis retournée m'installer en face de Sarah et elle s'est exclamée :

– Eh bien, tu en as mis du temps ! J'allais lancer un avis de recherche !

– Y avait la queue, me suis-je justifiée.

Soudain, elle m'a fixée comme on observe une bête bizarre.

– Attends, ne me dis pas que tu n'as pas rapporté d'eau !

Mince ! Avec toute cette histoire, j'avais complètement oublié de remplir une nouvelle carafe ! Pourtant, je me souvenais qu'en allant la chercher j'avais très soif. La soif est revenue tout à coup. J'avais la bouche sèche. Bref, j'étais mal.

Instinctivement, j'ai promené mon regard autour de nous pour vérifier si Gaëtan était assis à proximité. Maintenant, je pouvais penser « Gaëtan » et non pas « le nouveau », puisqu'il m'avait dit son prénom. Heureusement, il était installé à l'autre bout du réfectoire et ne pouvait donc pas me voir rougir et bafouiller. Parce que, oui, je bafouillais en répondant à Sarah.

– Je... enfin, oui, parce que... la carafe, en fait... j'ai croisé Paula et... oui, voilà, on a parlé, et je l'ai laissée sur la table.

Sarah a claqué des doigts devant moi.

– Hou hou, Pauline, je te connais pas cœur, n'oublie pas. Je sais que tu me caches un truc !

J'ai baissé la tête, mais pas question de raconter à Sarah ma rencontre avec Gaëtan. On a plongé dans nos assiettes et on a mangé en silence les bouts de semelles qui nageaient au milieu des épinards.

– Au fait, t'es prête ? a repris Sarah d'un ton enjoué comme si elle avait oublié cette histoire de carafe.

– Prête à quoi ? ai-je demandé d'un air ahuri.

– Ben, le nouveau, tu te souviens, on doit aller lui parler.

J'ai failli m'étrangler avec mon morceau de pomme. Évidemment, il n'était plus question pour moi d'aborder Gaëtan, genre « Salut, tu t'adaptes bien à ton nouveau collège ? ».

– En fait, je ne me sens pas très bien. Je préfère qu'on fasse ça un autre jour.

– QUOI ? T'es juste une dégonflée. Je te savais lâche, mais pas à ce point.

Lâche ? Sarah était en train de me traiter de lâche ? Ma meilleure amie *savait* que j'étais lâche ? J'ai pris mon plateau et j'ai quitté la table. Soudain, mon amitié avec Sarah devenait le sujet le plus important. Je me suis précipitée vers la sortie et je suis allée me réfugier dans un coin de la cour, là où personne ne me verrait verser des larmes de rage, de déception, de colère.

Mais ma retraite en solitaire a très vite pris fin. Justine, le genre de fille qui s'impose en toutes circonstances, s'est assise en tailleur en face de moi.

– Tu pleures ?

Justine, c'est la fille la plus bavarde du collège. Ne lui confiez jamais un secret, car vous pouvez être sûr que tout le monde le partagera avec vous. En revanche, si vous voulez faire passer une info, c'est la personne idéale. Et c'était peut-être justement le moment pour transmettre un message à Sarah.

J'ai séché mes larmes, et j'ai répondu :

– Oh, tu sais, on craque parfois pour un truc pas important.

– Ah oui ? Mais quand même, si on pleure, c'est que c'est important.

– Ben, quand ta meilleure amie te traite de lâche, tu te dis juste qu'elle n'est plus ta meilleure amie.

Là, Justine ferme un peu ses paupières. Je la sens avide d'apprendre quelque chose, une histoire, un ragot, on appelle ça comme on veut.

– Qui t'a traitée de lâche ?

– À ton avis ?

– Sarah ?

– Non, le pape ! Ben oui, Sarah.

– Mais pourquoi elle t'a traitée de lâche ?

Soudain, je ne supporte plus d'entendre ce mot, « lâche ». Et je ne supporte plus d'avoir Justine devant moi, l'œil brillant et la langue pendante, à l'affût d'une situation qui pourrait mal tourner. Qu'est-ce qui m'a pris de me confier à elle ?

– Elle a peut-être raison ; la preuve : je suis en train de te raconter une embrouille qui ne regarde que moi.

– T'inquiète pas, je vais aller lui parler.

Et Justine se lève d'un bond avant que j'aie pu faire quoi que ce soit pour la retenir. Mais pourquoi je la retiendrais. C'est exactement ça que je voulais. En même temps, mon cœur se serre à l'idée qu'à cause d'elle, on devienne *vraiment* fâchées, Sarah et moi.

Je me lève à mon tour, histoire de me prouver que je peux aller vers les autres pour discuter, que ma vie sociale ne s'arrête pas parce que ma meilleure amie m'a blessée. Mais la première chose que je vois lorsque je jette un regard sur la cour, c'est Sarah en pleine discussion avec Gaëtan. Mon cœur se met à battre à toute vitesse. Qu'est-ce que je fais ? Est-ce que je les rejoins l'air de rien ? Est-ce que je passe près d'eux en les ignorant ? Je voudrais ne pas avoir à choisir, je voudrais ne pas avoir croisé le nouveau (je n'ose plus penser son prénom) à la cantine, je voudrais que Sarah ne m'ait pas proposé ce jeu idiot, je voudrais ne plus être moi.

J'aperçois Justine qui guette le moment où elle pourra approcher Sarah. Alors, sans réfléchir, je me précipite vers elle, l'attire dans un coin et la menace :

– Je te préviens, Justine, si tu répètes un mot de ce que je t'ai dit à Sarah, je raconte à tout le monde que tu es amoureuse de Gaëtan.

Justine me regarde comme si elle avait affaire à une folle.

– Mais ça va pas la tête, j'en ai rien à faire de Gaëtan, c'est Arthur qui m'intéresse !

– Il le sait ?

– Ben non, évidemment ! Ces trucs, ça se dit pas !

– Eh bien, si tu parles à Sarah, tout le monde saura que tu aimes Arthur.

Justine bredouille :

– OK, je ne dirai rien. Mais… je voulais juste t'aider, pour que Sarah comprenne que…

À ce stade, elle me ferait presque de la peine. Mais je me souviens à temps qu'on ne l'appelle pas « Pestouille » pour rien. Je l'interromps et lui dis :

– La conversation qu'on vient d'avoir n'a jamais eu lieu.

– Quoi ?

– Répète cette phrase !

– Mais k'es t'as dit ?

– Laisse tomber, mais boucle-la, sinon…

Je me concentre pour lui lancer un regard en mode « menace absolue ».

La pauvre Justine n'a pas dû comprendre ce qui lui arrivait, mais foncer sur elle m'a évité le pire : me retrouver comme une idiote à tournicoter autour de Sarah et Gaëtan sans oser les approcher.

Quand je me suis retournée, ils avaient disparu. Je me suis alors dirigée vers le CDI en me souvenant que j'avais du retard pour rendre un livre.

Quand j'ai ouvert la porte du CDI, j'ai cru que j'allais tomber dans les pommes ; ils étaient là, assis à la table du fond, en train de se marrer devant une BD. Je n'en revenais pas qu'ils aient pu devenir potes aussi rapidement. Madame Basco a levé la tête pour voir qui entrait, et quand elle m'a vue, elle s'est exclamée :

– Ah, mademoiselle Dubois, j'ai bien cru que je ne reverrais jamais *L'Appel de la forêt* !

Trop tard, je ne pouvais plus m'enfuir. J'ai avancé crânement jusqu'au bureau et j'ai tendu mon bouquin. Madame Basco m'a demandé si je désirais emprunter un autre livre et j'ai répondu que non, pas maintenant. J'évitais de tourner la tête en direction de Sarah et Gaëtan ; je ne voulais pas qu'ils sachent que je les avais vus.

– Hé, Pauline !

Grillée ! Sarah m'appelait. J'étais partagée entre la honte, le soulagement et la peur à l'idée de l'épreuve qui m'attendait : les rejoindre.

J'ai regardé dans leur direction et j'ai fait celle qui découvrait leur présence.

– Ah, vous êtes là ? ai-je constaté dans un sourire figé.

J'ai avancé vers eux comme une automate en fixant mes yeux sur Sarah exclusivement. Il y avait, logée dans ses yeux à elle, une petite malice.

– Ben, t'étais où, je t'ai cherchée partout.

« Oh la menteuse ! » n'ai-je pu m'empêcher de penser. Mais j'ai pris un air détaché pour répondre :

– Ah bon ? Je discutais avec Justine ; elle voudrait que je l'aide pour son devoir de maths.

« Oh la menteuse ! », pensai-je, mais cette fois-ci, il s'agissait de moi !

– Bon, a dit Sarah, il ne me reste plus qu'à faire les présentations. (Elle était très à l'aise et je ne pouvais m'empêcher d'envier son naturel.) Gaëtan, je te présente Pauline, ma meilleure amie. Pauline, je te présente Gaëtan, mon nouvel ami depuis une demi-heure.

Gaëtan et moi, juste à ce moment-là, on s'est regardés. Je n'ai pas osé évoquer notre rencontre à la fontaine à eau, je m'attendais à ce qu'il le fasse. Mais il s'est tu et a simplement dit :

– OK, c'est cool.

– Mouais, c'est cool, ai-je répété bêtement.

– Tu connais cette BD ? m'a demandé Sarah. Avec Gaëtan, on adore !

Elle m'a montré la couverture, c'était *Calvin et Hobbes*. Je ne connaissais pas, mais j'ai hoché la tête.

– Oui, on m’en a parlé, je voulais justement l’emprunter.

Je la détestais d’avoir dit : « Avec Gaëtan, on adore ! » Si elle s’était vue ! « Avec Gaëtan, on adore ! » Ridicule ! On aurait dit qu’elle mimait toutes ces filles dont on se moque ensemble quand elles minaudent dès qu’il y a un garçon à proximité.

La sonnerie m’a sauvée. On a quitté le CDI et j’ai semé Sarah et Gaëtan pour aller voir Alex, le mec avec qui je me sens hyper à l’aise parce qu’on est copains depuis la maternelle et qu’on s’est suivis jusqu’au collège. On n’a pas toujours été dans la même classe, et cette année, il est en cinquième A (moi en B), mais on se retrouve parfois pour discuter. En plus, nos parents s’aiment bien et ils boivent souvent l’apéro ensemble.

– Alex, lui ai-je dit, tu ne veux pas m'attendre après les cours ? J’ai un truc à te demander.

J’improvisais. En fait, je n’avais rien à lui demander, j’avais juste besoin de parler avec un ami. Non, en vrai, j’avais juste envie que Gaëtan me voie parler avec un garçon. Alex m’a répondu que non, pas ce soir, parce qu’il avait un contrôle de maths le lendemain et qu’il devait réviser. (Ça m’a rappelé que moi, j’avais un contrôle d’anglais.)

– OK, une prochaine fois alors.

– Ça marche.

Et on s'est tapé dans la main.

Il avait beau parler avec Sarah, j'ai senti son regard sur nous. J'étais heureuse d'avoir réussi mon coup. Mais quel coup ? Qu'est-ce qui pouvait me faire croire que ça lui avait fait quelque chose d'assister à une scène banale, deux copains qui se tapent dans la main ? Qu'est-ce que j'espérais au juste ?

Mais la question principale était ailleurs. La question principale, c'était : pourquoi mon cœur battait si fort dès que je pensais à lui ? Je n'avais jamais ressenti *ça*. Je n'osais pas mettre un mot sur le *ça* qui a fait que, pour la première fois, je n'ai pas retenu un mot du cours de géographie. On étudiait la Chine, et si le prof m'avait interrogée, j'aurais été capable de répondre que Pékin se trouvait au Maroc. « Il t'arrive un truc grave », me suis-je dit. J'étais encore loin de deviner que ce truc s'appelait l'« amour » et qu'il pourrait m'emmener très loin.

Chapitre 2
Une famille formidable !

Ce soir-là, à la maison, je n'étais pas à prendre avec des pincettes. Et pourtant, j'aurais juré que tout le monde s'était donné le mot pour me faire passer la soirée la plus pourrie de ma vie.

D'abord, ma mère :

– Pauline, je t'ai répété mille fois de ne pas claquer la porte d'entrée ! Par respect pour les voisins, et pour mes oreilles ! (Tout ça avant de me dire bonjour, bien sûr.)

Je m'engage dans le couloir pour rejoindre ma chambre, et là, ma mère s'énerve.

– Tu pourrais tout de même me dire bonjour !

On croit rêver, mais on ne rêve pas. Ma mère me reproche

de ne pas la saluer alors qu'elle vient de me hurler dessus, tout ça parce que j'ai tiré la porte un peu fort.

– Bonjour ! je lance sans me retourner.

J'ai hâte de retrouver ma chambre. Si je commence à reprocher à ma mère son attitude, j'en ai pour des heures de discussions qui ne mènent à rien.

En ce moment, ma mère me tape sur le système. Son grand truc, c'est parler. Elle trouve que je me renferme sur moi-même et elle ne le supporte pas. « Il ne faut pas que tu hésites à venir me parler si tu as un problème », me répète-t-elle à longueur de temps. Je lui réponds systématiquement que je n'ai pas de problème, et quand je lui dis ça, j'ai l'impression de lui planter une épée dans le cœur. « On a tous des problèmes, et si on les garde pour soi, ils s'aggravent ! » glapit-elle en montant dans les aigus. OK. Quand elle atteint ce stade, je suis obligée de lui concéder que j'ai un problème grave, mais que pour rien au monde je ne le partagerais avec elle. Ça a le don de lui clouer le bec. Elle me lance son regard « Je-le-savais-tu-ne-peux-rien-me-cacher ». Alors, pour écourter la tragédie, j'ajoute : « Mais non, maman, je plaisante ! » Fin de l'histoire ; elle hausse les épaules en décrétant que, décidément, on n'arrive plus à communiquer. C'est le moment où je vais lui faire une bise et où, toujours, elle me serre dans ses bras en me chuchotant à l'oreille : « Mon bébé à moi, tant qu'on se fait des bisous, c'est pas perdu. » Je grogne quand j'entends le mot « bébé ». Ma mère ne comprend pas que j'ai 12 ans, et c'est épuisant de devoir le lui rappeler toutes les cinq minutes. Mais je connais par cœur ce qui va suivre : « Je sais, tu grandis, mais pour moi, tu seras toujours mon bébé. »

Ensuite, mon père :

– Pauline, ça fait dix fois que je t'appelle ! Retire tout de suite ce casque de tes oreilles.

– Hé, papa, on avait dit qu'il fallait frapper avant d'entrer dans ma chambre !

– Hé, Pauline, on avait dit que le casque était interdit pendant les devoirs !

– Comment tu savais que j'avais mon casque ?

– Parce que ça fait dix fois que je t'appelle !

Comme dialogue de sourds, on n'aurait pas pu faire mieux. On s'est regardés et on a éclaté de rire. Puis mon père est venu se pencher par-dessus mon épaule pour jeter un œil sur ce que j'étais en train de faire. Et ça, je ne l'avais pas prévu. Je n'ai pas eu le réflexe de cacher la feuille. Il a eu le temps de voir des cœurs avec des flèches, des larmes, des points d'interrogation, bref, des dessins qui prouvaient que j'avais la tête à tout, sauf à mon travail.

Quand j'ai levé les yeux vers lui, j'ai senti qu'il était gêné. Il fallait que je rompe le silence.

– Tu ne le diras pas à maman, promis ?

Il a toussoté, comme quand il est mal à l'aise avant de parler, et il a simplement dit :

– Ce n'est pas un mal de dessiner. Je suppose que tu t'entraînes pour le cours d'arts plastiques. Mais, si j'ai bonne mémoire, tu as un contrôle d'anglais demain, je me trompe ?

Évidemment, il ne se trompait pas. Il ne m'a posé aucune question, et j'ai sorti devant lui mon livre d'anglais.

– *Good luck !* m'a-t-il lancé en quittant ma chambre.

Je l'ai rappelé.

– Au fait, papa, tu étais venu me voir pour quoi ?

– Ben, à vrai dire, je ne sais plus. Peut-être que j'avais simplement envie de dire bonjour à ma fille !

Et il est sorti en refermant la porte derrière lui.

Je me suis plongée dans les conjugaisons des verbes irréguliers en essayant de ne penser à rien. Mais le visage de Gaëtan s'imposait devant mes yeux et j'avais un mal fou à me concentrer. J'ai ressorti la feuille que mon père avait pu apercevoir. Oui, j'avais dessiné des cœurs, et des initiales dans les cœurs. J'avais l'impression d'avoir formé ces dessins stupides sans que mon cerveau l'ait commandé aux doigts qui tenaient mon stylo. Mais les cœurs étaient bien là, remplis de P + G = A, entourés de larmes et de points d'interrogation, de flèches, et même d'éclairs transperçant un nuage.

Qu'est-ce qui m'arrivait ? Est-ce qu'on peut tomber amoureuse d'un garçon parce qu'il vous bouscule et qu'il vous aide ensuite à ramasser les morceaux d'une carafe qui vous a échappé des mains ?

Les verbes irréguliers dansaient devant mes yeux, mais j'étais incapable de fixer mon attention sur eux. Il fallait absolument que je comprenne pourquoi une épine me traversait le cœur dès que je repensais au moment où j'avais vu Sarah et Gaëtan parler tous les deux au CDI. Quoi ? J'étais jalouse, c'est ça ? Jalouse de ma meilleure amie ? Si c'était ça, l'amour, je n'en voulais pas. Et d'ailleurs, pour me prouver que j'avais encore la maîtrise de mes émotions, j'ai fait le pari avec moi-même que je n'aurais pas moins de 18 sur 20 au contrôle d'anglais.

Awake/awoke/awoken : se réveiller. *Be/was, were/been* : être. *Become/became/become* : devenir. *Feel/felt/felt* : ressentir.

Mais c'est le moment qu'a choisi ma sœur pour faire son entrée.

– Pauline, c'est toi qui as pris mon casque ?

Je précise qu'elle a surgi dans ma chambre sans frapper, fonçant sur moi comme une malade, un rictus de haine accroché sur son visage. Je lui ai répondu :

– Ben non, si je te l'avais pris, ça se verrait ! Le mien, il est blanc, le tien, il est noir !

Ma sœur ne tient pas compte de ce que je lui dis et elle m'arrache le casque des oreilles. Avant que j'aie eu le temps de réagir, elle était déjà sortie de ma chambre. J'aurais pu hurler, j'aurais pu à mon tour débouler dans sa chambre pour tenter de lui reprendre mon bien, mais au lieu de ça, je me suis mise à pleurer comme si on m'avait arraché les yeux. D'ailleurs, je ne voyais plus rien tellement les larmes brouillaient ma vue. Je trouvais la vie injuste, et dure, et cruelle ; je repassais les événements de la journée dans ma tête au point que je ne savais plus exactement pourquoi je pleurais. Mais mes pleurs faisaient tellement de bruit que mon père et ma mère ont débarqué dans ma chambre (sans frapper, évidemment) et qu'ils s'y sont mis à deux pour me bombarder de questions.

– Qu'est-ce qui se passe, ma chérie ? a demandé ma mère.

– Pourquoi tu pleures ? a demandé mon père.

– Tu as un problème ? Tu veux qu'on en parle ? a proposé ma mère.

Mon père qui, rappelons-le, avait vu les cœurs s'est mis à toussoter et a posé la question que je ne voulais pas entendre.

– C'est ce garçon qui te met dans cet état-là ?

– Quel garçon ? a tout de suite interrogé ma mère, prenant un air paniqué.

Quoi ? Mon père saurait quelque chose qu'elle ignore ?

Il fallait absolument que j'interrompe le délire. Alors, j'ai crié :

– C'est pas un garçon, c'est une fille ! Votre fille ! Et, malheureusement, c'est ma sœur !

Mes parents se sont regardés, puis mon père a glissé à ma mère :

– Bon, tu gères ?

Et il est sorti de la pièce, comme un lâche.

« Tiens, ai-je pensé, si je suis lâche, c'est peut-être parce que j'ai hérité de ses gènes. »

Ma mère m'a prise dans ses bras et, pour tenter de me consoler, elle m'a servi une explication bidon.

– Tu sais, m'a-t-elle dit, ta sœur traverse une période difficile en ce moment. 15 ans, c'est un âge compliqué, tu verras.

– Ah oui ? Alors je dois accepter qu'elle me pique mes affaires parce qu'elle ne retrouve pas les siennes ?

– De quoi parles-tu ?

– De mon casque ! Elle a égaré son casque et elle m'a pris le mien de force ! C'est une sale…

Et je me suis arrêtée à temps, parce que si j'avais prononcé le gros mot auquel je pensais, j'aurais perdu tout crédit auprès de ma mère. Et j'avais drôlement besoin qu'elle prenne ma défense !

– Bon, je vais aller voir ta sœur et lui expliquer qu'il faut qu'elle cesse de se venger sur toi. Le dîner sera prêt dans dix minutes.

– Maman ?

– Oui.

– Non, rien.

Ma mère m'a regardée, s'attendant à ce que je change d'avis et que je lui parle, mais je suis restée dans un silence buté et elle a quitté la pièce.

C'est fou ! Parfois, je suis tentée de lui raconter tout ce qui me tourmente. Mais lorsque j'anticipe les longues discussions que mes aveux vont provoquer, quelque chose se bloque en moi. Je crois que j'ai oublié de dire que le métier de ma mère, c'est psychologue. Elle passe ses journées à écouter les problèmes des autres. Je me demande comment elle a encore de la place dans sa tête pour s'intéresser aux miens. Alors, je préfère me taire. Et puis, qui a dit que j'avais des problèmes ? Moi peut-être ?

Mais je n'ai pas le temps de répondre à la question car la voix stridente de ma mère retentit dans toute la maison.

– Pauline ! Téléphone !

Je me précipite dans le salon. Ma mère me tend l'appareil en grimaçant. OK, j'ai compris le message : ce n'est pas l'heure de parler au téléphone, on allait passer à table, et patati, et patata.

– Allô ?

– C'est Sarah, je… je te dérange ?

J'ai tout de suite senti qu'elle était gênée et qu'elle ne savait pas trop par quoi commencer.

– On va pas tarder à manger, mais dis-moi.

– Ben voilà, je voulais m'excuser pour tout à l'heure.

– De quoi tu parles ? lui ai-je demandé, l'air de celle qui est complètement passée à autre chose.

– J'aurais pas dû te traiter de lâche. Je ne sais pas pourquoi je t'ai dit ça.

J'ai pris mon ton le plus désinvolte pour lui répondre :

– Ah, tu parles de ça ?

Sarah est restée silencieuse un moment. Elle a hésité puis m'a demandé :

– Tu pensais à quoi ? À Gaëtan ?

Quand elle prononce le prénom du nouveau, mon sang se glace dans mes veines. Quelle idiote je suis, Sarah va penser que je lui en veux parce qu'elle est allée parler à Gaëtan sans moi ! Et elle risque de le lui répéter. Vite, il faut que je me rattrape.

– Quoi ? Mais ça va pas la tête ! Je m'en fiche de ça.

– Ben alors, pourquoi tu…

– Je suis désolée, mais je dois te laisser, là. Ma mère m'appelle pour passer à table.

Et j'ai raccroché sous le regard étonné de ma mère qui, exceptionnellement, ne m'a pas houspillée pour que j'interrompe la conversation. C'est le moment qu'a choisi Margot pour faire son entrée. Elle a balancé mon casque sur le canapé en me toisant méchamment.

– Tiens, récupère-le, j'ai retrouvé le mien.

Autant dire que l'ambiance ce soir-là ne ressemblait pas à celle de la pub pour la sauce tomate Paganani ! Dans la pub, les enfants rigolent, les parents se font des clins d'œil complices et la famille semble si heureuse de passer à table qu'on aimerait être invité à dîner chez eux.

Chez nous, c'est : ma mère qui me jette des regards appuyés du genre « Je vois bien qu'il y a quelque chose qui ne va pas », mon père qui se lance dans des considérations météorologiques pour meubler le silence, ma sœur qui sort son portable de sa poche toutes les trois minutes pour répondre à un SMS. Tiens, ça me donne une idée de conversation.

– Au fait, quand est-ce que j'aurai un portable ?

Ma mère lève les yeux au ciel.

– Écoute, ma chérie, ce n'est vraiment pas le moment. Et puis on en a déjà parlé.

– Et d'ailleurs, enchaîne mon père en s'adressant à Margot, on avait dit : pas de portable à table.

Évidemment, ça retombe sur moi.

– Tu pouvais pas te taire ! aboie-t-elle en lançant son téléphone sur le fauteuil.

Mais je ne me démonte pas, je persiste.

– Toutes mes copines en ont un ! Ça m'isole trop de ne pas en avoir.

Mon père toussote, regarde ma mère qui semble hésiter, puis il me demande :

– Rappelle-moi, c'est quand ton anniversaire ?

Mon cœur fait un bond dans ma poitrine, mais cette fois-ci, c'est de joie.

– Oh, merci ! Vous êtes trop cool !

Et je me lève pour les embrasser.

– Oh là, doucement ! tempère ma mère. Papa t'a simplement demandé la date de ton anniversaire.

– C'est dans... trois mois !

Et je me rends compte que j'avais complètement oublié ce détail. Ma sœur marmonne :

– OK, dès que Pauline demande quelque chose, elle l'a. Moi, ça fait deux ans que je vous réclame un scooter, et...

– ... tu n'en auras pas, interrompt mon père.

– Ma chérie, intervient ma mère, le scooter en ville, c'est dangereux.

– Alors, j'aurai quoi pour mes 16 ans ? Un ours en peluche ?

Je ne peux pas m'empêcher de rire.

– C'est ça, marre-toi. Tu rigoleras moins quand je refuserai de t'aider en espagnol.

Margot est forte en espagnol. Heureusement, on vient d'avoir un contrôle et le prochain n'est pas pour tout de suite. J'ai donc largement le temps de me rabibocher avec elle d'ici là !

– Ta sœur ne t'a rien fait, intervient mon père. Cesse de t'en prendre à elle !

À ces mots, Margot repousse sa chaise et quitte la table. Et avant de sortir de la pièce, elle me jette un regard si mauvais que j'en frissonne.

Le repas s'est achevé dans une atmosphère tendue où mes parents répétaient toutes les cinq secondes l'expression « crise d'adolescence ». Du coup, puisqu'ils parlaient de Margot, ils m'oubliaient un peu, et je dois avouer que ça m'arrangeait. Je n'avais qu'une hâte, retrouver le calme de ma chambre, mon lit, et sombrer dans un profond sommeil pour oublier la journée horrible que je venais de traverser.

Chapitre 3
Une réaction étrange

Dès que le réveil a sonné, la première image qui m'est venue, c'est le visage de Gaëtan. J'ai repassé en boucle ce qu'il s'était passé entre lui et moi à la cantine (nous étions proches l'un de l'autre, nous balayions côte à côte), et cette scène, je le savais, j'allais la revivre dans ma tête un million de fois. Mais lui ? Est-ce qu'il y repenserait ? Est-ce qu'il pensait à moi ? J'étais sûre que oui, mais dans la minute qui suivait, j'étais persuadée du contraire.

Je me suis extirpée de mon lit en décidant que si. Mais à peine avais-je posé le pied par terre que je me désespérai en me disant que non. Je venais de dormir neuf heures d'affilée et j'étais déjà fatiguée ! Et puis, soudain, je me suis souvenue que le contrôle d'anglais avait lieu ce matin. Je suis le genre de fille à stresser avant les devoirs sur table, et je me suis rendu compte que, pour la première fois, je m'étais endormie la veille en pensant complètement à autre chose ! J'ai presque été rassurée de sentir mon estomac se nouer à l'idée que, dans moins d'une demi-heure, je serais en train de remplir ma copie. Au moins, ce sentiment, je le connaissais bien !

Sur le chemin du collège, j'ai essayé de me réciter les verbes irréguliers. *Become/became/become :* devenir. Ça revenait. Je me concentrais à fond, et ça m'évitait de penser au reste. Mais le reste est revenu en trombe sous la forme d'une main sur mon épaule qui m'a fait sursauter.

– Ça va ?

C'était Gaëtan. Je le vis, je rougis, je pâlis à sa vue. Je bredouillai :

– Ben oui, ça va. Enfin, je stresse un peu pour le contrôle d'anglais.

– Moi, je ne stresse jamais. Enfin, jamais pour un contrôle.

– Moi non plus, ai-je répondu, me rendant compte dans la seconde qui suivait que je venais d'annoncer le contraire.

J'étais morte de honte, d'autant que Gaëtan ne relançait pas la conversation et qu'il se contentait de marcher à côté de moi. Il devait se dire que j'étais complètement débile, et il avait raison. Le silence était insupportable ; il fallait que je trouve un moyen de le briser. Je lui ai demandé :

– Pourquoi tu as changé de collège un mois après la rentrée ?

– Parce que ma mère a déménagé.

Il a prononcé ces mots en baissant la tête. Apparemment, il n'avait pas envie de s'attarder sur le sujet. Je me suis sentie de plus en plus mal. J'ai jeté un regard vers lui qui regardait le trottoir, et là, je l'ai su. Il n'y avait plus aucun doute possible : j'étais amoureuse de ce garçon, et c'était la première fois.

Nous sommes enfin arrivés devant le collège et il m'a dit :

– Ne stresse pas, t'es bonne en anglais.

Comment le savait-il ? Est-ce que ça voulait dire qu'il avait fait attention à mes notes ? (Donc à moi.) Je n'osais pas y croire. Il a disparu dans la cour et je me suis retrouvée seule, ne sachant si je devais me réjouir ou me désespérer.

Mais Sarah est arrivée vers moi. Elle s'est jetée dans mes bras comme si nous ne nous étions pas vues depuis des mois.

– Pauline, j'ai été nulle. Tu m'en veux encore ?

Je ne savais pas trop comment réagir. Mais au fond, j'étais heureuse de la retrouver, même si elle m'avait fait passer les pires moments de ma vie. J'ai répondu :

– Mouais, j'avoue, j'ai été dégoûtée par ton attitude hier. Tu m'as traitée de lâche et tu m'as foutu la honte en allant parler au nouveau alors que c'était un projet qu'on avait toutes les deux.

J'étais super fière de moi d'arriver à lui dire tout ce que j'avais sur le cœur. Sarah a pris l'air désolé.

– Je sais, j'ai pas été cool. Mais je t'ai appelée hier soir pour m'excuser et tu m'as presque raccroché au nez.

– J'étais fâchée.

– Ça veut dire que tu ne l'es plus ? s'est réjouie Sarah en sautillant devant moi.

Elle m'énerve, Sarah. Je ne peux pas lui résister quand elle est comme ça, joyeuse et drôle. Mais avant de lui faire une bise en lui disant que tout était effacé, je lui ai posé une question :

– Tu le trouves comment, Gaëtan ?

Sarah a éclaté de rire.

– J'étais sûre que tu serais jalouse !

– Mais ça va pas ? Comment veux-tu que je sois jalouse, je le connais même pas ! me suis-je écriée en devenant rouge comme une tomate.

Sarah est redevenue sérieuse et m'a regardée d'une manière que je n'ai pas aimée.

– Hé, Pauline, pourquoi tu t'énerves ? Je me trompe ou tu kiffes Gaëtan ?

J'ai fait un pas pour m'éloigner, mais Sarah m'a retenue par la manche de mon manteau.

– Attends, tu peux tout me dire. Ne t'inquiète pas, moi, ce mec, il ne me fait aucun effet. Et en plus, je crois que je ne lui plais pas du tout !

Les mots que vient de prononcer Sarah me font l'effet du miel sur une gorge irritée. Si je me laissais aller, je lui sauterais dans les bras et je la serrerais très fort. Mais je ne dois pas flancher si vite. Je lui dis simplement :

– Non, j'm'en fiche de lui. Mais vous aviez l'air de super bien vous entendre au CDI.

– Ben oui, c'est moi qui lui ai proposé d'y aller, parce que, question conversation, il n'est pas très fort !

Je n'ose pas lui dire qu'en effet j'ai remarqué…

La sonnerie nous rappelle que nous avons un contrôle d'anglais dans trois minutes. En rejoignant les autres pour monter en cours, Sarah me prend la main et me fait un clin d'œil.

– Alors, toujours amies pour la vie ?

Cette fois-ci, je lui saute au cou pour de bon. Et en entrant dans la salle de classe, je lui souhaite bonne chance pour le contrôle. Là, elle me regarde et ses yeux s'agrandissent.

– Le contrôle ? Mais quel contrôle ?

– Quoi, t'as pas oublié quand même ?

Et devant mon air ahuri, elle se plie en deux en se tenant le ventre. Une grimace de douleur déforme son visage et elle se met à pousser des petits gémissements. Mademoiselle Ariston s'approche d'elle.

– Sarah, ça ne va pas ? lui demande-t-elle.

Sarah n'arrive pas à répondre tant elle semble souffrir. Je lui porte son sac et la soutiens jusqu'à sa chaise. Elle peut à peine marcher et ça me fait mal au cœur de la voir dans cet état.

Mademoiselle Ariston attend que tous les élèves soient assis. Elle distribue le devoir sur table, puis elle demande :

– L'un de vous peut-il emmener Sarah à l'infirmerie ? Bien sûr, le temps passé à l'accompagner sera ajouté à la durée du contrôle.

Un bouquet de doigts se lève. En gros, toute la classe veut accompagner Sarah pour retarder le moment de se mettre au travail. Notre réaction fait rire mademoiselle Ariston.

– J'ignorais que vous aviez tous envie d'aider votre prochain. Quelle générosité ! Bon, je vais donc devoir désigner l'un de vous. Baissez les bras.

Elle tourne la tête dans un sens, dans l'autre, laisse planer le suspense et dirige finalement son doigt vers Gaëtan.

– Moi, m'dame ? demande Gaëtan en faisant la mimique de celui qui ne pensait pas mériter cette chance.

– Non, le radiateur qui est à côté de toi, plaisante la prof.

Tout le monde éclate de rire, sauf moi. Même Sarah n'a pas pu s'empêcher de pouffer.

Gaëtan et Sarah se lèvent et quittent la salle ensemble. Je les suis du regard jusqu'à ce que la porte se referme derrière eux.

C'est le cœur serré que j'ai tenté de répondre du mieux que j'ai pu aux questions en anglais. Je ne pouvais pas m'empêcher de jeter des coups d'œil sur la porte toutes les deux minutes, guettant le retour de Gaëtan. Le temps passait, et il ne revenait pas. Pourtant, l'infirmerie se trouvait à l'étage du dessous. Heureusement pour moi, je n'avais pas trop d'efforts à fournir pour décliner les verbes irréguliers. C'est comme si une partie de mon cerveau refusait de se laisser entraîner par l'autre partie, celle qui cogitait pour essayer de comprendre ce qui se passait à l'infirmerie.

Au bout de vingt minutes, la porte s'est enfin ouverte. Gaëtan est entré, le visage fermé, et a rejoint sa place sans un commentaire. Bien sûr, mademoiselle Ariston l'a interpellé.

– Tu en as mis du temps pour accompagner ta camarade à l'infirmerie.

Silence de Gaëtan.

– Sarah est restée à l'infirmerie ?

– Oui, a simplement répondu Gaëtan.

La prof, ne voulant pas nous déconcentrer, a cessé de l'interroger.

Je me suis tournée vers Gaëtan et j'ai constaté qu'au lieu de se pencher sur sa copie pour rattraper le temps perdu, il regardait par la fenêtre, les yeux perdus au loin, comme si tout ce qui se passait en classe ne le concernait pas.

Mademoiselle Ariston s'est approchée de lui et lui a glissé quelques mots à l'oreille. Il a hoché la tête, a saisi son stylo et a enfin commencé à écrire.

Je me suis remise au travail en me promettant que j'irai le voir à la fin du cours pour lui demander des nouvelles de Sarah. Bien sûr, j'étais inquiète pour mon amie, mais j'avoue, j'étais heureuse d'avoir trouvé un prétexte pour parler au garçon qui occupait toutes mes pensées.

Dès que la sonnerie a retenti, je me suis précipitée pour rendre ma copie. J'ai guetté Gaëtan qui était maintenant totalement concentré sur sa feuille. La prof lui a rappelé qu'il pourrait bénéficier du temps de la récréation pour peaufiner son devoir, mais Gaëtan a répondu qu'il n'en aurait pas besoin, il avait terminé. Mademoiselle Ariston lui a fait un grand sourire et lui a dit :

– Parfait. Alors sache que je tiendrai compte du temps qui t'a manqué en corrigeant ta copie.

Gaëtan a serré les poings et a lancé à la prof d'anglais :

– Je veux que vous me notiez comme les autres. Sinon, c'est de la triche.

Mademoiselle Ariston a eu l'air un peu surprise de sa réaction.

– Ça me paraissait juste au contraire, mais bon, très bien, puisque tu le prends comme ça... Au fait, a-t-elle ajouté, pourquoi as-tu mis autant de temps à revenir de l'infirmerie ?

Gaëtan n'a pas répondu. Il s'est levé brusquement, a posé sa copie sur le bureau et est sorti de la classe en courant. Il est passé devant moi sans me voir et a dévalé les escaliers comme si l'alarme incendie s'était déclenchée.

Je suis restée figée. J'aurais assisté à un combat de boxe que ça ne m'aurait pas fait plus d'effet. Mais au lieu de me rendre à l'infirmerie pour prendre des nouvelles de Sarah, j'ai préféré rejoindre Gaëtan en récré. Quelque chose de pas normal était arrivé, et je voulais savoir ce que c'était.

Je l'ai aperçu au fond de la cour, assis sur le petit muret, le nez plongé dans une BD. J'ai pris mon courage à deux mains et je me suis dirigée vers lui. Arrivée à sa hauteur, j'ai tenté un :

– Je te dérange, là ?

– À ton avis ? m'a-t-il répondu, scotché par sa BD.

– À mon avis, je ne te dérange pas du tout, ai-je eu le cran d'affirmer en ne bougeant pas d'un pouce. (Parfois, dans la vie, on s'étonne soi-même !)

Gaëtan a levé la tête et m'a observée comme s'il étudiait une espèce bizarre. Puis, enfin, il a souri.

– Ben, allez, assieds-toi, m'a-t-il proposé. Tu veux quoi, exactement ?

C'est le genre de question qui donne juste envie de tourner les talons, mais au point où j'en étais, je ne pouvais plus reculer.

– D'abord, je viens prendre des nouvelles de mon amie. Après tout, c'est toi qui l'as vue en dernier.

– Tu parles de Sarah ? C'est ton amie ? m'a-t-il demandé en faisant la moue.

– Mais tu le sais très bien ! Pourquoi tu fais cette tête ?

Gaëtan dessine un rond sur le sol avec le bout de sa chaussure. Il semble mal à l'aise. Puis il plonge ses yeux dans les miens (il a de si beaux yeux que c'est dur de soutenir son regard) et me dit, d'un ton sans appel :

– Eh bien, tu devrais changer de copine.

Je manque de m'étrangler.

– T'es malade ou quoi ? Pourquoi tu dis ça ?

– Elle a fait semblant d'être mourante, tout à l'heure. Elle avait zappé qu'il y avait un contrôle en anglais et n'avait rien révisé.

Je ne peux m'empêcher de me dire que Sarah est une super bonne comédienne. Franchement, j'ai cru qu'elle souffrait le martyre ! Je me sens un tout petit peu trahie, mais en même temps, je peux comprendre. Si j'avais eu le cran qu'elle a, je l'aurais peut-être joué comme elle !

– OK, elle a menti, mais je ne comprends pas pourquoi ça te choque à ce point.

Il me semble que j'ai parlé dans le vide. Gaëtan, le visage fermé, continue à charger Sarah.

– Non mais tu l'aurais vue, trop fière d'elle, à sauter en l'air en mode « Je suis la plus forte »... Elle se vantait d'avoir embobiné la prof et elle attendait que je la félicite !

– Tu lui as dit quoi ?

– Rien. Je lui ai rien dit. Je la regardais être trop contente d'elle-même ; elle faisait pitié. Après, je suis resté longtemps dans le couloir, pour me calmer.

Je ne comprenais pas ce qui mettait Gaëtan dans un état pareil. J'étais partagée entre l'envie d'aller dans son sens (me mettre à critiquer Sarah pour me rapprocher de lui) et l'envie de défendre mon amie. *Je te savais lâche, mais pas à ce point.* Les mots de Sarah sont venus me piquer le cœur. Du coup, je n'ai plus réfléchi et j'ai dit :

– Je te trouve hyper-sévère avec elle. OK, elle a triché, mais t'es pas prof que je sache !

– Mouais, tu peux pas comprendre, a répondu Gaëtan.

Et il s'est levé, une façon de me signifier que la conversation était finie. J'ai bondi comme un ressort sans réfléchir.

– Et pourquoi je pourrais pas comprendre ? Tu me prends pour une débile ou quoi ?

Gaëtan a sursauté. Il a eu l'air surpris de ma réaction.

– Non, mais tu vois, mes raisons, elles sont perso.

– Donc, tu ne me fais pas confiance.

– Si, mais je ne te connais pas bien.

Il a eu l'air embarrassé, puis il m'a demandé :

– Si je te confie un truc archi-secret, tu me jures que tu ne le diras à personne, même pas à Sarah ?

Sans hésiter, j'ai répondu :

– J'te le jure !

– OK, mais pas maintenant. Si tu veux, on se retrouve demain après les cours au square Georges-Brassens.

Le lendemain était un mercredi. Nous finissions les cours à midi et, comme tous les mercredis, je devais être à 12 h 15 chez moi. Ma mère ne travaille pas ce jour-là car, m'a-t-elle expliqué, elle me trouve encore trop jeune pour me laisser déjeuner seule, et passer seule l'après-midi. Seule ! C'est justement ce que je voudrais être de temps en temps !

« Tu comprends, ta sœur a 15 ans, je ne peux pas lui imposer de jouer les baby-sitters avec toi. » Qu'allais-je dire à ma mère ? Que j'avais rendez-vous dans un square avec un garçon en sortant du collège ? Toutes ces questions m'ont traversé la tête un quart de seconde et j'étais déjà en train de dire « oui » avant d'avoir trouvé des réponses.

– Pas de problème : au square demain après les cours. À plus.

Et là, c'est moi qui me suis éloignée de lui. J'avais besoin de respirer un grand coup.

J'ai aperçu Sarah de loin qui discutait avec des gens de la classe. J'ai imaginé qu'elle était en train de raconter ses exploits et que les autres la félicitaient pour son ingéniosité. Elle avait échappé au contrôle d'anglais, c'est vrai, mais la fierté qu'elle en tirait me dérangeait un peu. (Je m'apercevais, en pensant ça, que je venais d'être « contaminée » par Gaëtan.)

J'avais besoin des quelques minutes de récré qu'il restait pour réaliser que J'AVAIS RENDEZ-VOUS AVEC GAËTAN !

Je n'arrivais pas y croire. Je m'étais réveillée le matin avec son visage devant les yeux, et, le même jour, il me proposait qu'on se voie rien que tous les deux. Sur le moment, je ne pensais plus à ma mère qui m'attendrait demain à 12 h 15, ni à Sarah qui, dans un instant, serait à mes côtés pour me demander si je l'avais trouvée convaincante dans son rôle de grande malade, ni à ma sœur qui m'avait déclaré la guerre depuis l'histoire du casque.

En fait, je flottais sur un petit nuage, et si je devais décrire ce petit nuage, je dirais qu'il avait les couleurs d'un arc-en-ciel.

Chapitre 4
Le mensonge

Le plus difficile, ça a été de mentir à ma mère.

Sarah, c'était simple. Je lui ai dit que je trouvais géniale son idée de jouer la comédie pour échapper au contrôle. Ce n'est pas vraiment ce que je pensais, mais je ne voulais pas gâcher la joie que j'éprouvais à l'idée du rendez-vous avec Gaëtan par une fâcherie avec mon amie. Sarah, contente d'elle, m'a promis qu'elle m'entraînerait au rôle de la malade si j'en avais besoin un jour où je n'aurais pas révisé ma leçon. Je lui ai simplement répondu que j'étais une trop mauvaise actrice pour faire ça. Je me disais qu'on en reparlerait, mais plus tard.

Je me suis aperçue que la seule chose qui m'importait,

c'était le rendez-vous dans le square. Pour être franche, j'avoue que je n'étais pas si curieuse de connaître le super secret que Gaëtan devait me révéler. Ce qui comptait pour moi, c'était l'idée d'être assise à côté de lui sur un banc. Peut-être qu'il me prendrait la main, et…

Mais arrêtons de rêver et revenons à ma mère.

Quand je suis rentrée du collège, elle n'était pas encore revenue de son travail. Alors, j'ai eu une idée. Je suis allée dans la cuisine, ai sorti les tomates et la mozzarella du frigo, les ai découpées sur la planche, puis je les ai plongées dans un saladier. J'ai ajouté de l'huile et du vinaigre, j'ai salé, poivré, remué ; voilà, j'avais préparé l'entrée ! Ensuite, j'ai mis le couvert en ne me trompant pas sur la place des couteaux et des fourchettes, j'ai installé le bouquet de roses au milieu de la table et j'ai apporté la carafe d'eau. J'ai regardé le résultat, assez fière de moi. Bon, il était 5 heures et demie du soir, pas vraiment une heure pour dîner, mais au moins, le travail que je venais d'accomplir, ma mère n'aurait pas à le faire. Elle serait donc bien disposée à mon égard. Ce serait le moment de lui servir mon gros mensonge.

Dès qu'elle a ouvert la porte, j'ai senti que les choses ne se passeraient pas comme je l'avais prévu…

– Pauline, tu es là ?

Sa voix n'était pas celle des bons jours… Je suis sortie de ma chambre, bien décidée à me comporter comme une petite fille modèle.

– Oh, ma petite maman, c'est super que tu rentres plus tôt que d'habitude à la maison ! ai-je lancé du ton le plus naturel possible.

Ma mère m'a regardée comme si elle se trouvait devant une extraterrestre. (Bon, OK, plus tard, je ne serai pas comédienne.) Malgré son air préoccupé, un demi-sourire est apparu sur ses lèvres.

– Ben, qu'est-ce qui t'arrive ? m'a-t-elle demandé.

– Je suis contente de te voir, c'est tout !

Et je lui ai collé un bisou sur la joue.

Qu'est-ce que je n'avais pas fait là ! Elle m'a attrapée et m'a serrée contre elle. Je ne pouvais presque plus respirer !

– Ça fait tellement longtemps que je rêvais d'un câlin avec ma fille chérie. Il faut dire que, ces derniers temps, tu n'étais pas à prendre avec des pincettes !

J'ai enfin réussi à me dégager de son étreinte. Ma mère est entrée dans la cuisine, et là :

– Oh ! Tu as préparé une salade ?

Puis, en entrant dans la salle à manger :

– Ah ! Tu as mis la table ?

Et soudain (et, là, vous vous dites juste que vous ne comprenez rien aux adultes), elle s'est mise à pleurer. Je me suis précipitée vers elle.

– Maman, qu'est-ce que tu as ? Ça ne te fait pas plaisir ?

– Si, énormément, a-t-elle articulé en farfouillant dans son sac pour sortir un mouchoir.

– Tu pleures d'émotion alors ?

Elle a souri.

– Oui, et non...

Elle s'est mouchée un grand coup, a séché ses larmes et m'a annoncé, d'un air catastrophé :

– Ta sœur s'est cassé la cheville pendant le cours de sport. Ton père est avec elle à l'hôpital.

– Ouf, tu m'as fait peur ! J'ai cru que tu allais m'annoncer un truc horrible.

Cette fois-ci, ma mère m'a fixée comme si j'étais un monstre. (Je préfère encore qu'elle m'imagine en extraterrestre.)

– Ah bon, tu ne trouves pas que c'est horrible, toi ? s'est-elle emportée. Margot va devoir porter un plâtre pendant des semaines, et en plus, elle ne pourra pas aller au ski !

Ma sœur devait partir avec sa classe à la montagne. Je me réjouissais déjà à l'idée d'aller dormir dans sa chambre pour profiter du lit à deux places, de lui piquer ses pulls, et surtout, d'avoir la paix pendant une semaine. Alors, soudain, je n'ai pas eu à me forcer pour dire à ma mère :

– Oh, pardon, maman, tu avais raison : c'est une véritable catastrophe !

– Bon, bon, n'exagérons pas, a tempéré ma mère devant mon air bouleversé.

Faudrait savoir ! En tout cas, cheville cassée ou pas, il fallait maintenant passer à l'action. Je devais annoncer à ma mère que je ne rentrerais pas à l'heure pour déjeuner.

J'ai toussoté pour m'éclaircir la voix (décidément, je ressemblais à mon père) et j'ai dit très vite, en avalant les mots :

– Au fait, demain, j'irai directement chez Sarah pour réviser les maths.

Ma mère n'a pas eu le temps de réagir. Mon père ouvrait la porte de la maison tout en soutenant ma sœur qui boitillait. Un énorme plâtre entourait sa cheville droite.

– Ma chérie ! a crié ma mère comme si elle retrouvait ma sœur après des années de séparation.

Margot a fondu en larmes en hoquetant :

– Ils ont dit que je devais garder le plâtre pendant un mois. Je ne vais pas pouvoir partir.

Mes parents l'ont accompagnée jusqu'au canapé et l'ont entourée en trouvant des mots de consolation. J'en ai profité pour m'éclipser dans ma chambre.

C'était dur, ce qui arrivait à Margot, et moi aussi j'avais envie de la consoler. Mais premièrement, j'étais sûre qu'elle m'enverrait promener, et deuxièmement – rien qu'à y penser, mon cœur se déchaînait dans ma poitrine –, j'étais trop absorbée par mon rendez-vous du lendemain pour compatir à sa douleur.

Est-ce que l'amour rend égoïste ? J'ai remis cette question à plus tard.

Au lieu d'ouvrir mon livre d'histoire, j'ai ouvert mon placard à la recherche d'un jean pas trop usé et d'un pull pas trop déformé. J'aurais bien emprunté le blouson en cuir de Margot, mais mon petit doigt m'a dit que sa réponse serait non. Tant pis, ma parka ferait l'affaire, d'autant que je ne voulais pas trop montrer à Gaëtan que j'avais fait des efforts pour lui.

J'ai quand même fini par lire ma leçon d'histoire, mais alors que j'adore tout ce qui concerne l'Égypte, je reconnais que les pyramides, ce soir-là, n'arrivaient pas à la cheville de ma hâte d'être au lendemain. Je traduis : l'Égypte et les pharaons, je m'en fichais complètement !

Nous avons dîné, maman a annoncé que c'était moi qui avais fait la salade et qui avais dressé la table. Papa a dit

« C'est bien, ça », l'air absent, et Margot n'a pas relevé, fixée sur son plâtre, les larmes au bord des yeux.

Ambiance encore pire que d'habitude, mais j'étais contente que ma mère se souvienne des efforts que j'avais fournis. J'ai proposé à Margot :

– Tu veux que j'écrive un truc sur ton plâtre ?

Elle m'a fusillée du regard et je n'ai pas insisté. J'ai débarrassé la table après qu'on a eu fini le dessert, histoire de prouver que j'étais une petite fille modèle. (Parce qu'au fond de moi, je me sentais coupable d'avoir menti à ma mère en lui disant que j'irais travailler chez Sarah.) J'ai embrassé tout le monde en prétextant que j'étais fatiguée parce que je n'avais qu'une hâte : me retrouver seule dans ma chambre.

Ma mère est venue m'embrasser.

– Je suis fière, m'a-t-elle dit, d'avoir une fille comme toi. Ce soir, tu as vraiment été à la hauteur.

À la hauteur de quoi ? Je ne savais pas, mais j'ai été contente qu'elle me dise des mots gentils. Je n'ai pas osé lui rappeler que je ne rentrerais pas à l'heure le lendemain, de peur qu'elle ne change d'avis. Mon père, lui aussi, est venu me souhaiter bonne nuit. Mais pas Margot. Ça m'a rendue triste.

Je me suis glissée entre les draps, et j'ai attendu le sommeil qui me porterait jusqu'au lendemain. Mais comme le sommeil ne venait pas (j'étais hyper-stressée à l'idée que Gaëtan me trouve finalement bête, moche, pas intéressante, pas drôle), je me suis levée. J'avais envie de demander à Margot si elle me trouvait si bête que ça, si moche, si inintéressante, et si ennuyeuse. Bien sûr, la réponse serait « oui ». Mais quand même, il fallait que je sache.

J'ai toqué à sa porte.

– Quoi ?

– Je peux entrer ?

Pas de réponse. Je suis entrée quand même. Ma sœur était allongée sur son lit, mais elle ne lisait pas, ne pianotait pas sur son portable ; elle ne faisait rien et avait l'air malheureuse.

– Qu'est-ce que tu veux ? m'a-t-elle demandé en me défiant du regard.

– Rien, je voulais juste te dire que j'étais triste pour toi à cause de ta cheville.

– C'est tout ?

– Non. Je voulais te faire un bisou avant de dormir.

Margot a eu l'air étonnée. C'est vrai que ce n'est pas dans mes habitudes !

– OK. Ça va, toi ?

Je n'en revenais pas : jamais ma sœur ne se préoccupait de savoir si j'allais bien ou pas !

– Mouais, ça va.

Je renonçai à mes questions débiles concernant ma mocheté et ma bêtise. Le simple fait qu'elle ne me hurle pas dessus parce que j'étais entrée dans sa chambre me faisait un plaisir immense. Je me suis approchée d'elle pour l'embrasser, et elle m'a prise dans ses bras.

– Tu sais, m'a-t-elle chuchoté à l'oreille, t'es chiante, mais j't'aime bien quand même.

Et elle a ajouté, avant que j'aie pu dire un mot :

– Maintenant, file au lit. Et, promis, si j'ai besoin de toi, je te le dirai.

Elle souriait quand je suis sortie de sa chambre, et ce sourire m'a donné une grande force pour l'épreuve que j'avais à affronter. Et c'est en pensant au sourire de ma sœur que j'ai sombré dans un profond sommeil.

Chapitre 5
Révélations

Jamais un cours d'histoire ne m'avait paru si long. Dans une heure, je serais au square avec Gaëtan, enfin, je l'espérais…

Parce que, depuis le début de la matinée, il ne m'avait pas regardée, s'était comporté comme si on ne se connaissait pas. En revanche, Sarah ne m'avait pas lâchée. Pendant la récré qui précédait le cours, j'ai eu droit à une avalanche de questions.

– Tu me fais la tête ou quoi ?

– Pas du tout, qu'est-ce qui te fait dire ça ?

– Ben, je sais pas, t'es pas comme d'habitude. Tu rigoles pas, t'as l'air ailleurs. En gros, j'ai l'impression que je te gonfle.

Je lui ai répondu :

– Non, tu te fais des idées. Mais c'est vrai qu'en ce moment j'ai pas trop envie de parler. Et puis, ton sketch pour éviter le contrôle d'anglais, je sais pas, ça m'a fait drôle que tu ne me préviennes pas que t'allais faire ça.

– Attends, j'ai improvisé, tu sais bien !

– Oui. En plus, ma sœur s'est cassé la cheville.

– Je ne vois pas le rapport.

– Ça me fait de la peine, c'est tout, ai-je un peu menti.

Je jetais des coups d'œil en direction de Gaëtan, mais il était plongé dans une BD, comme d'habitude, et il n'a pas relevé la tête.

Sarah, qui avait suivi mon regard, a décrété :

– Ce mec, je pensais qu'il était sympa, mais quand je lui ai avoué que je n'avais pas mal au ventre, que c'était une ruse parce que j'avais oublié qu'il y avait un contrôle, il m'a regardée comme si j'étais une criminelle. Il ne m'a plus adressé la parole et il m'a lâchée devant l'infirmerie en me disant : « Allez, va raconter tes bobards. » Il est grave !

J'aurais dû abonder dans son sens, mais je n'y arrivais pas. J'ai simplement dit :

– Ouais, c'est bizarre.

Pendant le cours qui n'en finissait pas, je pensais : « Tout à l'heure, je saurai pourquoi Gaëtan a réagi comme ça. »

La sonnerie de la fin des cours a enfin retenti. J'ai jeté un regard vers Gaëtan qui ne me regardait toujours pas. Avait-il oublié ? Ou regrettait-il de m'avoir fixé ce rendez-vous ? Je n'osais pas aller le voir, de peur de passer pour une idiote. Sarah rangeait ses affaires à côté de moi, et je ne voulais pas qu'on sorte ensemble du collège. Elle s'apercevrait alors que je ne prenais pas la direction de la maison.

Soudain, prise de panique, je suis sortie de la classe sans lui dire au revoir et j'ai couru dans les couloirs pour rejoindre la sortie le plus vite possible. Mais j'ai été interrompue dans ma course par l'horrible Meuh.

– Mademoiselle Dubois !

J'ai stoppé net et me suis tournée vers lui.

– Ne savez-vous pas qu'il est interdit de courir dans les couloirs ?

– Si, monsieur, lui ai-je répondu. Mais ma sœur s'est cassé la cheville, et elle a besoin de moi pour que je l'aide à monter les escaliers. Elle m'attend devant l'immeuble.

Je racontais n'importe quoi pour qu'il me laisse filer. Jamais ma sœur ne m'avait autant rendu service.

Meuh a quitté son air sévère en me demandant de transmettre ses amitiés à Margot. (C'était l'une de « ses » anciennes élèves.) J'ai remercié et j'ai repris ma course.

Une fois sortie du collège, j'ai continué à courir vers le square Georges-Brassens. Ce square, j'y étais allée des dizaines de fois avec mes parents quand j'avais l'âge de faire des pâtés de sable. Mais depuis, je n'y avais pas remis les pieds. En entrant, j'avais une boule dans la gorge. Je ne savais pas si c'était la nostalgie de mon enfance qui me revenait en mémoire ou l'angoisse de ce rendez-vous qui m'empêchait de respirer normalement. Ou plutôt la crainte que Gaëtan ne vienne pas. Je me suis dirigée vers un banc et me suis assise. Il faisait un peu froid. Le pull le moins ringard de ma garde-robe était trop léger pour la saison. Je n'avais pas prévu que, de toute façon, je garderais mon manteau.

J'ai regardé autour de moi. Il n'y avait presque personne dans le square à cette heure-là. Un vieillard lisait le journal, un couple d'amoureux s'embrassait, une femme donnait à manger aux pigeons.

Assise ici, toute seule, observant ce qui se passait autour de moi (même si c'était des petits riens), j'ai eu l'impression que ma vie ne serait plus jamais la même qu'avant.

Au bout d'un moment, je me suis dit que j'avais rêvé. Gaëtan ne m'avait pas donné rendez-vous, j'avais tout inventé. Est-ce que l'amour fait imaginer des situations qui n'existent pas en vrai ?

Enfin, il a poussé la porte du square. Il m'a aperçue assez vite puisque le banc sur lequel j'étais assise – je l'avais choisi exprès pour ça – était à côté de l'entrée. Je ne voulais pas qu'il ait à me chercher, de peur qu'il ne renonce à me trouver. Il s'est avancé vers moi, en baissant la tête sous la capuche de son sweat-shirt. Moi, je me suis obligée à le regarder, histoire qu'on ne fixe pas tous les deux le bout de nos chaussures. Je tentais d'avoir l'air naturel, alors que, pour dire la vérité, j'aurais voulu m'enfoncer sous terre tellement j'appréhendais le moment où nous serions tous les deux, là, sur le banc, en train d'avoir *rendez-vous*.

– Salut.

Je ne m'attendais pas à ce qu'il me dise : « Je suis super content de te voir, c'est cool qu'on se retrouve tous les deux. » Mais son « Salut » était si peu enthousiaste que ça donnait l'impression qu'il venait par obligation. Pourtant, c'était lui qui m'avait proposé qu'on se retrouve ici après les cours !

– Salut, ai-je répondu sur le même ton. Et je n'ai pu m'empêcher d'ajouter : Ça va ?

– Mouais.

OK. Ça démarrait comme un cheval qui refuse d'avancer.

Je commençais à cailler sur le banc et je commençais surtout à me demander si l'amour vaut, à ce point-là, qu'on fasse des efforts.

J'ai fini par faire comme lui : j'ai fixé le bout de mes chaussures. Après tout, c'était lui qui avait quelque chose à me dire, pas moi.

On aurait pu rester silencieux comme ça pendant au moins un quart d'heure, si ça se trouve. Mais un ballon est venu interrompre notre non-conversation. C'est Gaëtan qui l'a reçu en pleine figure. Il a hurlé, s'est levé d'un bond et a cherché le coupable. Mais personne à l'horizon. Puis on a entendu des rires qui venaient des fourrés. Gaëtan a foncé vers le buisson et en a tiré deux petits garçons d'à peine 6 ans qui n'en menaient pas large.

– Pardon, m'sieur, a dit l'un d'eux.

– C'est vrai, on l'a pas fait exprès, a ajouté l'autre.

Gaëtan n'a pas pu s'empêcher de rire en s'entendant appeler « monsieur ». Il leur a simplement demandé d'aller jouer plus loin, et il a ébouriffé leurs cheveux dans un geste affectueux.

Sa réaction m'a fait plaisir ; elle me prouvait que j'avais affaire à quelqu'un de sensible.

Il est revenu s'asseoir à côté de moi en se tenant la joue.

– T'as mal ?

– Oui, j'ai mal ! Mais ce n'est pas uniquement à cause du ballon.

J'ai rougi et je me suis sentie affreusement mal à l'aise. Heureusement, Gaëtan a enchaîné :

– Tu ne dois rien comprendre. Pardon, c'est vrai, je ne suis pas très clair.

Puis il s'est tu. Alors, j'ai pris mon courage à deux mains parce que j'en avais assez de tous ces mystères.

– Qu'est-ce que tu voulais me dire de si important ? Pourquoi tu m'as donné rendez-vous dans ce square pourri où on se gèle ? Si tu ne me dis rien, je te préviens, je rentre chez moi.

J'avais élevé le ton. Je n'en revenais pas de réagir comme ça. Et c'est en parlant que j'ai réalisé à quel point je me sentais comme une cruche à attendre qu'il daigne m'expliquer ce qu'on faisait là.

Gaëtan a posé sa main sur mon bras, et j'ai senti que j'avais eu raison d'exprimer ce que je pensais. (En même temps, sa main sur mon bras… waouh !)

– En fait, voilà, ce que je vais te dire, je voudrais que tu n'en parles à personne. Tu promets ?

– Ben, oui. À part si tu m'annonces un projet de meurtre, ai-je ajouté pour détendre l'atmosphère.

Il a souri, mais son sourire s'est évanoui très vite et son air sombre a repris le dessus.

– Voilà, je me suis fait virer de mon ancien collège parce que j'ai triché.

J'ai eu l'impression de recevoir un seau d'eau sur la tête.

– Quoi ?

– Ne me regarde pas comme ça, j'ai pas commis un meurtre, justement.

– OK, mais quand même, ça devait être énorme pour qu'on te renvoie !

– Tu comprends maintenant pourquoi l'attitude de Sarah m'a super énervé ?

– Non, pardon, je ne vois pas le rapport. Au contraire, tu aurais pu la comprendre puisque tu as fait la même chose.

Gaëtan a levé les yeux au ciel comme si j'étais franchement débile.

– Mais t'as fait quoi exactement, tu ne veux pas me dire ?

Il s'est mordu la lèvre avant de me répondre :

– J'ai volé le sujet du contrôle de maths en salle des profs.

– Mais comment c'est possible ?

– Pendant l'heure de perm, j'ai demandé à sortir pour aller aux toilettes. Je suis passé devant la salle des profs et, un truc dingue, la salle était ouverte, et pas un prof en vue.

Je n'ai pas pu résister. Je suis entré et j'ai fouiné un peu partout. Je suis tombé par hasard sur le sujet du contrôle de maths, et sur le corrigé. L'idée m'est alors venue de faire une bonne blague au prof. J'ai photographié le sujet et les réponses avec mon portable, et je suis sorti. Aussi simple que ça !

– Waouh !

Je ne pouvais m'empêcher d'être admirative, même si une petite voix me soufflait que c'était moche de faire ça.

– Pendant la récré, j'ai dicté les questions et les réponses à toute la classe. Jamais je n'ai eu autant de copains autour de moi !

– Mais c'était toi qui prenais tous les risques ! Qu'est-ce qui est arrivé ensuite ?

– Ben, le contrôle s'est bien passé pour tout le monde (tu m'étonnes !). Tout à coup, les garçons qui m'ignoraient depuis le début de l'année étaient hyper-cool avec moi. J'ai même été invité à l'anniversaire d'une fille qui ne m'avait jamais « calculé ». En deux jours, j'étais devenu le mec le plus populaire du collège.

En se souvenant qu'il avait pu être la star du collège, Gaëtan avait des étoiles dans les yeux. Mais je pressentais que la suite serait moins drôle.

– Et alors ? lui ai-je demandé pour le faire redescendre sur terre.

– Ben, quand le prof de maths a rendu les copies la semaine suivante, il faisait une drôle de tête. Les notes allaient de 18 à 20 !

Je n'ai pas pu m'empêcher de rire. Gaëtan a souri lui aussi. Il devait se souvenir du visage du prof ! Mais il s'est rembruni avant de poursuivre :

– Le prof nous a menacés d'un ton très calme – je me souviens encore qu'il parlait très lentement : si on ne lui expliquait pas par quel miracle nous avions obtenu ces notes, il mettrait un zéro qui compterait dans la moyenne à tout le monde.

– Et là, tous tes potes t'ont lâché, l'ai-je interrompu.

Gaëtan m'a regardée comme s'il se rappelait ma présence.

– Comment tu le sais ?

– S'il n'y avait pas eu de problème, tu ne serais pas assis là, sur ce banc, avec moi.

(Je n'ai pas pu m'empêcher de penser que c'était une chance que Gaëtan se soit fait virer. Est-ce que j'en ai eu honte ? Je ne crois pas.)

– Mouais, c'est vrai. Mais franchement, ça a été horrible : après que le prof a proféré sa menace, tous les yeux se sont tournés vers moi. Et ce n'étaient plus des regards sympas, c'étaient des regards accusateurs. Y en a même un, un nul en maths, qui m'a montré du doigt et qui a crié : « C'est lui ! »

– C'est dégoûtant...

– Bref, j'ai dû tout expliquer, j'ai été convoqué en conseil de discipline qui a décrété que je serais renvoyé trois jours. Mais mes parents, ils avaient trop honte, et c'est eux qui ont décidé de me changer de collège.

– Attends, ils devaient être hyper-énervés contre toi...

– J'ai pris la pire rouste de ma vie par mon père. J'ai encore une marque ici, tu vois ?

Et il m'a montré une légère cicatrice au-dessus de son sourcil. Une cicatrice que j'avais remarquée et qui, je trouvais, lui donnait un charme fou.

– Mais ma mère, a-t-il continué, elle n'a pas accepté que mon père me batte. Pour elle, on ne doit jamais lever la main sur un enfant. Ça tombait bien, cette dispute. Mes parents avaient déjà décidé de se séparer. Disons que ça a accéléré les choses. On a déménagé ici, dans ce quartier, et j'ai atterri dans ton collège ! C'est pas cool ça ?

Je ne savais pas trop quoi répondre. Il avait l'air gai, soudain, mais ce qu'il venait de me confier était triste. J'ai répondu « Oui, c'est cool », mais je sentais que sa blessure n'était pas refermée. Je voulais revenir sur Sarah. Je lui ai demandé :

– Tu ne m'as toujours pas dit pourquoi tu jugeais si mal Sarah. Je te le répète : c'est moins grave que ce que tu as fait.

Gaëtan s'est levé, et j'ai bien cru qu'il allait partir. Mais il s'est planté devant moi, l'air mauvais, et il a sifflé entre les dents :

– J'ai fait une grosse connerie, mais j'ai été puni. Dans un sens, ça m'a servi de leçon. J'ai juré à ma mère que je ne tricherais plus jamais de ma vie. Alors, ceux qui trichent, tu vois, je ne peux plus les saquer parce qu'ils me rappellent ce que j'ai été, un voleur, un tricheur.

Je ne sais pas ce qui m'est passé par la tête, mais je lui ai saisi la main en lui disant :

– Non, tu n'es pas un tricheur. Si tu avais voulu tricher, tu n'aurais pas partagé le sujet de maths avec toute la classe. Tu n'es pas un tricheur, tu es un joueur et tu as voulu jouer avec ceux qui refusaient de jouer avec toi. Et tu as perdu. C'est pas pareil.

Gaëtan a posé sur moi un regard qui, si je n'étais pas une fille quand même un peu solide, m'aurait fait m'évanouir sur-le-champ. Il a serré ma main tout en se rasseyant à côté de moi.

– Personne ne m'a dit ça. Personne n'a compris pourquoi j'avais fait ça, même pas ma mère. Mais toi, si.

Là (est-ce que c'est utile de préciser que mon cœur battait la chamade ?), je me suis sentie à la fois la plus heureuse du monde et la plus mal à l'aise. J'ai proposé :

– On peut marcher un peu si tu veux.

Mais Gaëtan a simplement mis sa main sur mon menton pour que je tourne la tête vers lui. Il a approché sa bouche de la mienne, et, pour la première fois, j'ai posé mes lèvres sur celles d'un garçon.

On s'est levés, on a marché dans le square en se tenant par la main, sans dire un mot. Je n'avais aucune idée de l'heure, mais mon estomac s'est mis à crier famine. Je savais qu'il était temps que je rentre. Mais surtout, j'avais envie de me retrouver seule avec tout ce que je venais de vivre. J'ai dit à Gaëtan qu'il fallait que j'y aille. Il m'a serrée contre lui et a soufflé à mon oreille :

– Merci.

J'ai foncé comme une dingue vers la sortie du square. Sur le chemin qui me ramenait à la maison, j'ai continué à courir. J'avais sacrément besoin de dépenser mon énergie. Je suis arrivée devant chez moi hors d'haleine et j'ai dû m'arrêter pour reprendre mon souffle (et mes esprits).

En tournant la clef pour ouvrir la porte, j'ai su que je n'étais plus tout à fait la même fille.

Chapitre 6
La gifle

À peine ai-je eu mis le pied dans l'entrée que ma mère a fondu sur moi comme une furie.

– Où étais-tu passée ? Ça fait une heure et demie que tu aurais dû être là !

– Ben, je te l'avais dit : j'étais chez Sarah pour faire les devoirs.

Ma mère m'a attrapé les épaules et m'a secouée.

– Et en plus tu mens !

– Non, je ne mens pas, je te l'ai annoncé au moment où Margot rentrait avec son plâtre !

Ma mère m'a lâché les épaules et m'a obligée à la regarder dans les yeux en tenant mon visage entre ses mains. Je préférais encore qu'elle me secoue plutôt que d'affronter son regard qui tue.

– Pauline, dis-moi la vérité. Où étais-tu ?

– Chez Sarah, ai-je continué à mentir.

La gifle est partie. C'était la première fois que ma mère me giflait. Ma joue était en feu, mais j'ai voulu rester crâne ; je n'ai pas bronché. Ma mère a eu une seconde d'hésitation et j'ai bien cru qu'elle allait s'excuser et me prendre dans ses bras. Mais elle est restée de marbre, elle aussi. Elle a simplement ordonné, d'une voix métallique :

– Va dans ta chambre.

Je ne me suis pas fait prier et j'ai claqué la porte aussi violemment que j'ai pu.

Puis je me suis laissée tomber sur mon lit et j'ai éclaté en sanglots. La douleur s'estompait déjà, mais j'avais pourtant l'impression que la main de ma mère revenait frapper ma joue. J'étais à la fois profondément triste que ma mère m'ait giflée, et très en colère contre moi. Mais pourquoi n'avais-je pas compris tout de suite que Sarah avait dû appeler à la maison alors que j'étais censée être chez elle ? (Ah, si j'avais eu un téléphone portable !) J'avais pris des risques inutiles, mais je n'avais pas voulu dire à Sarah qu'elle me servirait d'alibi. Il aurait fallu pour ça que je lui avoue mon rendez-vous avec Gaëtan. Pourquoi avais-je persisté dans le mensonge au lieu de dire la vérité ? Parce que dire la vérité, c'était raconter ce que je ne voulais partager avec personne, ni avec mes parents, ni avec Sarah.

Trois petits coups ont été frappés à ma porte. Je n'avais pas envie de parler à ma mère et je suis restée muette. J'ai séché mes larmes avec le revers de ma manche, mais mes yeux devaient être rouges comme ceux d'un lapin albinos. La porte s'est ouverte malgré ma non-réponse. Et là, ça a été une surprise : c'est ma sœur qui est entrée dans ma chambre. Elle a posé ses béquilles et s'est assise sur le lit, à côté de moi.

– Maman est furax, qu'est-ce qui s'est passé ?

– J'ai pas envie d'en parler. Et si c'est elle qui t'a envoyée, tu peux repartir.

Margot a pris l'air outré.

– Tu crois que je suis téléguidée par maman ? Si tu penses ça, OK, je m'en vais.

– Non, reste !

Je n'arrivais tellement pas à croire que Margot soit entrée dans ma chambre juste pour parler avec moi que j'avais été injuste avec elle. Mais en vrai, j'étais trop contente qu'elle s'intéresse à moi.

– OK, je reste.

Son portable (qu'elle garde toujours dans sa poche) a sonné. Elle a répondu, puis a écourté la conversation en disant : « J'te rappelle, là, je suis avec ma p'tite sœur. » Je n'en revenais pas qu'elle me fasse passer avant un copain ou une copine. Je lui ai souri.

Mon estomac a gargouillé si fort qu'on a éclaté de rire.

– T'as pas mangé ?

– Ben, non.

– Attends, je vais te chercher un truc, je reviens. Un petit truc, hein, parce qu'avec mes béquilles…

Je me suis demandé si un plâtre pouvait avoir de l'influence sur le cerveau d'une personne. Franchement, je ne reconnaissais pas ma sœur ! Ça faisait des mois qu'elle me tirait la tronche, et là, comme par miracle, elle redevenait gentille avec moi.

Margot est revenue avec un sandwich au thon, celui que je préfère.

– Oh, merci, t'es super sympa. T'as pas croisé maman dans la cuisine ?

– Non, elle est enfermée dans sa chambre. J'ai frappé à sa porte, mais elle m'a envoyée promener en prétendant qu'elle travaillait. Tu parles, je suis sûre qu'elle doit être hyper-mal de t'avoir giflée.

– Ben, comment tu le sais ? T'étais dans ta chambre à ce moment-là.

– Ouais, mais j'en suis sortie, imagine-toi, et j'ai demandé à maman ce qui s'était passé. Elle m'a répondu : « J'ai giflé Pauline, tu te rends compte, je l'ai giflée ! » J'ai bien cru qu'elle allait se mettre à pleurer.

– La pauvre, ai-je lâché en attaquant mon sandwich. (J'avais tellement faim, et le sandwich était si bon que j'avais l'impression de vivre le meilleur moment de ma vie ! Enfin, presque le meilleur…)

– Pourquoi la pauvre ? a rigolé Margot. Elle a eu raison ; moi je trouve que ça fait longtemps que tu la méritais, la gifle !

Et ma sœur m'a bourrée de petits coups dans l'épaule jusqu'à me faire perdre l'équilibre.

– Attends, je mange ! ai-je protesté.

Mais elle a repris son sérieux et m'a demandé tout de go :

– Si t'étais pas chez Sarah, t'étais où ?

– Ben…

– Tu peux me le dire ; promis, j'en parle à personne.

Qu'est-ce que je fais ? Je lui dis, je lui dis pas ? Tout ce qui s'est passé dans le square me revient en mémoire, mais d'une manière désordonnée, et franchement, même si je devais me parler à moi-même, je ne saurais pas par où commencer. Il y a une chose dont je me souviens bien : c'est le moment où nos bouches se sont touchées. Ça, je ne l'oublierai jamais.

Au lieu de répondre à la question de Margot, je lui demande :

– Tu as déjà été amoureuse d'un garçon ?

Ma sœur me regarde, et un petit sourire apparaît sur ses lèvres.

– Alors, c'est ça, tu étais avec un garçon !

Je sens des picotements sur mes joues ; c'est la preuve incontestable que je suis en train de rougir. J'essaie de masquer mon embarras.

– Attends, je te demande si tu as déjà été amoureuse, et tu me parles d'autre chose !

Margot relève la tête et regarde dans le vide.

– Mouais, ça se pourrait bien… J'ai peut-être déjà été amoureuse.

– Peut-être ? Ça veut dire quoi, « peut-être » ?

– Ça veut dire que je te raconterai tout si tu me dis la vérité. Alors, je repose ma question : t'étais avec un garçon ?

Je crois qu'à ce moment-là j'ai abandonné toute forme de résistance. Et puis, au fond de moi, j'avais envie de me confier à ma grande sœur. Sinon, ça sert à quoi une grande sœur ?

– Ben oui, j'étais avec un garçon.

– Je le savais ! a crié Margot, triomphante. Vas-y, raconte.

Mais au moment où j'allais me lancer, ma mère a frappé trois petits coups à la porte :

– Je peux entrer ?

Et n'obtenant pas de réponse, elle a ouvert tout doucement et a passé la tête. Quand elle a vu que Margot était dans ma chambre, elle a rebroussé chemin, comme si elle ne voulait pas gâcher une situation si rare et précieuse à ses yeux : ses filles se retrouvaient enfin…

– Bon, alors ? s'est impatientée ma sœur dès que ma mère a eu refermé la porte.

J'ai pris une inspiration, et je lui ai tout raconté depuis le début. Comment j'avais parlé pour la première fois avec Gaëtan sur le sol pourri de la cantine en balayant des morceaux de verre jusqu'au baiser sur le banc du square, il y avait à peine une heure.

– Tu l'as embrassé ? Avec la langue ?

– Mais ça va pas la tête ? me suis-je énervée. Je te confie un truc super important et tout ce qui t'intéresse c'est de connaître les détails techniques ! Je ne te dirai plus rien puisque c'est comme ça !

Ma sœur a éclaté de rire et m'a ébouriffé les cheveux comme si j'étais une gamine de 5 ans. (Je me suis souvenue que c'était le geste qu'avait eu Gaëtan avec les petits, dans le square… En fait, je pense à lui tout le temps.)

– Dis donc, l'amour, ça te rend drôlement agressive ! a insisté Margot.

Et comme je lui ai tourné le dos, bien décidée à ne pas lui lâcher un mot de plus, Margot a changé d'attitude.

– Allez, fais pas la tronche, je plaisantais !

Elle a toussoté (décidément, c'est de famille) avant de me demander d'un ton sérieux :

– Et ce garçon, tu l'aimes ?

– Oui.

Je n'ai pas réfléchi avant de répondre, et quand j'ai prononcé ce « oui », j'ai senti des fourmillements dans mes avant-bras. (L'amour, c'est quand même très bizarre.)

Margot m'a regardée, a hoché la tête et, pour une fois, j'ai eu l'impression qu'elle me prenait au sérieux.

– Tu sais, moi aussi j'ai été amoureuse d'un garçon. C'était l'année dernière. Il s'appelait Joachim. On est sortis ensemble pendant onze mois.

Margot s'est tue.

– Et vous n'êtes plus ensemble ? ai-je demandé.

– Non. Un jour, je l'ai surpris en train d'embrasser Tania, tu sais, celle qui venait parfois dormir chez nous.

Je me souvenais de cette fille. Quand elle venait à la maison, Margot et elle s'enfermaient dans la chambre et je n'avais pas le droit d'entrer. Elles se moquaient de moi en m'appelant « puceron ».

– C'est triste, ton histoire.

– Non, c'est pas triste. Ce mec, je l'aimais parce qu'il était amoureux de moi et que ça me flattait de plaire à un garçon. Mais en fait, il était bête et on n'avait pas grand-chose à se dire. Il ne pensait qu'au foot et quand je voulais l'emmener voir un film, il me répondait qu'il préférait jouer aux jeux vidéo. « Un film, me disait-il, tu peux pas intervenir sur ce qui va se passer. » Tu vois le niveau ? Mais bon, il était super beau.

J'étais contente que ma sœur se confie à moi, même si son histoire était triste. Je n'ai pas osé lui dire que Gaëtan était l'inverse de son Joachim, pour ne pas la blesser. Mais je le pensais très fort. Avec Gaëtan, j'avais l'impression d'avoir entamé une vraie conversation, et qu'on avait encore plein de choses à se dire. J'avais super hâte de le revoir, et en même temps, je mourais de trouille…

J'ai embrassé Margot dans un élan.

– Pourquoi tu m'embrasses ? T'as perdu la tête ?

– Je t'embrasse parce que j't'adore.

– Moi aussi, j't'adore. Mais t'es trop chiante !

On s'est bagarrées pour de faux, puis ma sœur m'a dit :

– Je serais toi, j'irais voir maman. Et si tu ne veux pas tout lui raconter, tu peux lui raconter à moitié. Oublie le baiser, et dis-lui le reste. Et pas un mot sur ce que je t'ai raconté, d'accord.

– D'accord.

En on s'est tapé dans la main. Nous partagions un secret. Un secret d'amour. C'était la première fois.

J'ai suivi les conseils de ma sœur ; je suis allée voir ma mère.

Je suis entrée dans sa chambre sans frapper et je ne lui ai pas laissé le temps de dire quoi que ce soit. Je me suis précipitée dans ses bras.

Elle a semblé d'abord surprise (elle a failli tomber de sa chaise au sens propre du terme) puis elle m'a serrée contre elle en répétant : « Ma petite fille, ma petite fille. »

Moi qui fuyais ses câlins depuis quelque temps, j'étais servie ! (Mais j'avoue que celui-ci était délicieux.)

– Pardon, ai-je réussi à articuler dans son cou.

– Moi aussi je te demande pardon. Tu sais, la gifle est partie toute seule, et je m'en veux de ne pas avoir réussi à me contrôler. On ne résout rien en se laissant aller à des actes brutaux.

Je me suis dit que j'avais de la chance d'avoir une mère psychologue (enfin, dans ce cas précis) et des parents qui militaient contre la violence...

Un silence s'est installé entre nous, puis ma mère m'a dit :

– Il faut que tu me promettes de ne plus me mentir. J'ai toujours eu confiance en toi, et je veux que ça continue.

– Promis, maman, je dirai toujours toute la vérité.

Ma mère m'a regardée de biais, comme si elle doutait de ma promesse. Puis le moment que j'appréhendais est arrivé.

– Alors, sans me dire « toute » la vérité, peux-tu m'en faire partager un tout petit bout ? Où étais-tu ?

– Au square, avec un garçon de ma classe.

– Et c'était si difficile à dire ?

– Ben oui, je suis sûre que si je t'avais demandé la permission, tu aurais répondu non.

Ma mère a souri.

– Il est probable que je n'aurais pas été d'accord.

Son regard m'a parcourue de la tête aux pieds.

– Mais il faut aussi que j'admette que tu grandis... Au fait, ce garçon, il s'appelle comment ?

Ça y est, c'était l'heure de l'interrogatoire !

– Il s'appelle Jean, heu... non, Benjamin, heu... non, Sébastien... En fait, je ne me souviens plus !

C'est le moment idéal que Margot a choisi pour débouler dans la pièce.

– Bon, toutes les deux, là, ça y est, vous êtes réconciliées ? Parce qu'avec mes béquilles, j'ai besoin que Pauline m'accompagne pour acheter un tee-shirt.

– Pas maintenant ! s'est exclamée ma mère. Pauline n'a encore rien mangé !

– Si, un sandwich au thon !

Ce cri, nous l'avons poussé en même temps, Margot et moi. On a éclaté de rire.

Le sandwich au thon : symbole de notre réconciliation !

Chapitre 7
Un cœur qui bat trop vite

Jeudi matin, 7 h 45. J'ai pensé à Gaëtan toute la soirée d'hier et je me suis réveillée trois fois cette nuit en me demandant si je n'avais pas tout inventé.

Sur le chemin du collège, j'avais une boule dans la gorge. Est-ce que Gaëtan ferait comme s'il ne s'était rien passé entre nous ? Est-ce qu'il ne regrettait pas déjà de m'avoir embrassée ? Peut-être qu'il avait fait ça par pitié, parce qu'il avait compris que j'étais amoureuse de lui. Ou, pire, qu'il l'avait fait par jeu.

Je l'imagine raconter à ses copains que je suis tombée dans ses bras comme une gourde. (En même temps, il n'a pas de copains, et si c'est un problème pour lui, je dois avouer que là, tout de suite, je préfère.) Peut-être qu'il s'en veut de s'être confié à moi et qu'il s'est mis à me détester parce que, maintenant, je connais son secret. Peut-être que…

– Hé ! Ça fait une heure que je cours derrière toi en criant ton nom. T'es bouchée ou quoi ?

C'était Sarah. Elle était essoufflée. J'étais tellement perdue dans mes pensées que je ne l'avais pas entendue arriver. Elle ne m'a pas laissé le temps de répondre et m'a bombardée de questions.

– T'étais où, hier, après les cours ? Tu t'es enfuie comme une folle. Je t'ai appelée pour que tu m'expliques pourquoi tu me fuyais, et ta mère m'a répondu qu'elle croyait que t'étais chez moi. Elle pensait qu'on bossait ensemble ! J'ai été obligée de lui dire la vérité ; elle avait l'air furieuse. Pourquoi t'as menti ? Tu faisais quoi, en fait ?

– STOP !!! ai-je crié hyper-fort. Pardon, mais franchement, tu me poses trop de questions à la fois !

– OK, j'ai compris, après tout, si t'as des secrets, ça te regarde. Je croyais juste qu'on était amies.

Et Sarah a allongé le pas pour me distancer.

Je me trouve injuste avec elle. J'aimerais pouvoir tout lui raconter, qu'on redevienne les amies qu'on était. D'ailleurs, je meurs d'envie de me confier à elle. D'ailleurs… je vais le faire !

– Sarah, attends-moi ! J'ai un truc à te dire !

C'est comme si j'avais appuyé sur un bouton magique. Sarah a ralenti le pas, j'ai accéléré, et nous nous sommes retrouvées toutes les deux au même niveau, elle tendant l'oreille de mon côté, et moi sur le point de parler. Un, deux, trois, je me suis lancée !

– J'aime Gaëtan, et on s'est embrassés hier dans le square. Voilà, en gros, tu sais tout.

J'ai attendu la réaction de Sarah. En temps normal, elle aurait poussé des « QUOI ? », des « J'Y CROIS PAS ! », des « JURE ! », des « WAOUH, C'EST DINGUE ! ».

Mais là, rien. Elle a continué à avancer comme si je venais de lui annoncer que ma mère avait raté la cuisson du poulet. Du coup, je n'ai pas osé ajouter un mot, et un silence pesant (d'au moins 40 tonnes) s'est installé entre nous. Puis, soudain, un peu avant qu'on atteigne le collège, elle s'est exclamée :

– Mais c'est horrible !

– Qu'est-ce qui est horrible, Sarah ? Toi aussi t'es amoureuse de lui ?

Je me suis aperçue que je tremblais de la tête aux pieds en prononçant ces mots.

– Non ! m'a répondu Sarah. Je t'ai même dit qu'il n'avait pas été cool avec moi. Ce qui est horrible, c'est que tu ne m'aies rien dit ! Tu ne m'as pas fait confiance, c'est ça ?

J'ai évité le sujet de la confiance en l'interrogeant à mon tour.

– Alors, t'es pas jalouse, c'est vrai ?

– Moi, jalouse ? T'es folle ou quoi ? J'ai horreur des mecs petits.

– Ah bon, tu le trouves petit ? (Je suis piquée au vif.) C'est toi la première qui m'as dit que tu le trouvais pas mal.

– Ben oui, mais il est petit, tu ne vas pas me dire le contraire.

J'ai bredouillé :

– J'avais pas remarqué… Mais bon, tu me jures que tu ne le dis à personne, d'accord ?

– T'as confiance ou t'as pas confiance ?

– Ben, depuis que tu m'as dit que j'étais lâche…

– Je t'ai dit ça comme ça. Je me suis déjà excusée. Qu'est-ce que tu peux être susceptible, c'est dingue !

– Alors, tu diras rien ? D'autant que j'ai super peur qu'il ne m'aime plus. T'imagines la honte ?

– S'il ne t'aime déjà plus, c'est que c'est un imbécile… en plus d'être un nain !

Sarah a fait un bond de côté en rigolant car elle a bien senti que j'étais sur le point de la frapper. Mais je suis super contente de sa réaction et j'ai l'impression que nous nous sommes enfin retrouvées pour de bon.

Quand nous avons pénétré dans la cour du collège, tous les regards se sont tournés vers nous. Sarah m'a regardée, je l'ai regardée, bref, on s'est regardées, genre « Mais qu'est-ce qu'ils ont tous ? ».

– Attends, m'a-t-elle dit, on va faire un test.

Et elle s'est éloignée de moi pour rejoindre le groupe. Les yeux ne l'ont pas suivie elle, mais ils sont restés rivés sur moi, preuve que ce n'était pas nous, mais bien moi qui étais la bête à observer.

J'ai essayé de repérer Gaëtan, mais ne l'ai vu nulle part. En revanche, j'ai aperçu Justine qui ricanait en poussant du coude une fille de la classe.

Je ne comprenais rien, mais il fallait que je fasse quelque chose. J'ai pris mon courage à deux mains et me suis avancée vers le groupe.

– Y a un problème ?

Les yeux se sont détournés, ont frôlé le sol, sont revenus vers moi, et quelques rires ont accueilli ma question.

Heureusement, Sarah est venue à mon secours.

– C'est dingue, ça ! Personne ne répond ? Pauline vous a demandé un truc, là, j'ai pas rêvé.

Justine a pris la parole.

– D'abord, ta copine, elle dit du mal de toi dès que tu as le dos tourné. Donc, arrête de la défendre.

J'ai envie de sauter à la gorge de Justine, mais je n'ai pas besoin de le faire. Sarah lui répond, très sûre d'elle :

– Elle a raison, je suis le genre de fille insupportable ! Mais tu vois, on s'adore quand même. Alors, Pestouille, tu nous dis ce qui se passe ?

Justine baisse la tête, visiblement mal à l'aise. C'est Audrey qui se lance à sa place.

– Ben, ça nous a fait drôle d'apprendre que Pauline et Gaëtan sortaient ensemble. Il est trop chelou, ce mec.

Quand j'entends ça, mon cœur bondit dans ma poitrine. Sarah est sur le point de répondre, mais je la coupe dans son élan.

– Ah bon, il est chelou ?

C'est la première phrase qui me vient. Défendre le garçon que j'aime. Mais la deuxième arrive à la vitesse de la lumière.

– Et on est sortis ensemble ? C'est génial, vous êtes au courant avant moi.

Loïc pointe Justine du doigt.

– C'est elle qui nous a dit qu'elle vous avait vus hier, dans le square.

Je m'avance vers Justine. Je n'ai plus peur de rien.

– Tu nous as vus ? Et tu n'es pas venue nous dire bonjour ?

Justine recule. Elle semble terrorisée. (J'ignorais que j'avais le pouvoir de terroriser qui que ce soit.)

– Allez, parle ! insisté-je.

Les autres font maintenant un cercle autour de nous, attendant qu'il se passe quelque chose.

Justine bégaye :

– Ben, oui, je… je suis passée par le square et je vous ai vus. Vous… enfin… vous étiez… vous aviez l'air de…

– Et tu t'es dit : « Waouh, super, je tiens un scoop ! Vivement demain que je raconte ça à tout le monde ! »

– Laisse-moi tranquille à la fin ! balbutie Justine.

Je la sens au bord des larmes. La sonnerie me délivre d'une situation où j'hésite entre la colère et la pitié. Je lui demande simplement :

– Et Gaëtan, il sait que tu as bavé sur nous ?

Justine reprend son petit air de peste et dit bien fort pour que tout le monde entende :

– Non, personne ne l'a vu. Il doit avoir trop honte, il a préféré rester chez lui.

Sarah m'attrape par le bras.

– Laisse tomber, tu vois bien que Pestouille ne sait plus

quoi inventer pour sauver la face.

Avant d'entrer en classe, Sarah me glisse à l'oreille :

– En fait, t'es pas lâche, t'es trash !

– Et toi, t'es trop drôle ! dis-je en lui pinçant le bras.

Sarah hurle, et Meuh qui passe dans le couloir à ce moment-là lui fait les gros yeux. On se regarde en pouffant de rire et ça a le don de me détendre un peu. Parce que, en vrai, je suis hyper-stressée : pas de Gaëtan à l'horizon.

Je l'ai guetté toute la matinée, espérant le voir débarquer en trombe en s'excusant pour son retard, mais non, il est *vraiment* absent.

Les paroles de Pestouille tournent en boucle dans mon cerveau. *Il doit avoir trop honte, il a préféré rester chez lui.* Et si elle avait raison ? Si Gaëtan n'avait pas osé revenir au collège parce qu'il regrettait ce qui s'était passé entre nous ?

Pendant la récré, je confie mes inquiétudes à Sarah. Elle essaie de me rassurer en me faisant rire.

– T'as raison, il va arrêter les études et foutre sa vie en l'air à cause d'une fille qu'il ne veut plus revoir parce qu'elle ne sait pas embrasser !

Mais ça ne me fait pas rire. Je la supplie de m'aider à trouver une solution.

– Une solution à quoi ? J'en sais rien, moi, pourquoi il est absent. Ah ! là, là ! t'es vraiment accro ! Mais moi, je te préviens, les filles amoureuses, je trouve ça super lourd !

Je n'ai pas le temps de lui servir ma réponse. Justine vient vers nous d'un pas décidé.

– Hé ! Qu'est-ce qu'elle nous veut encore, Pestouille ? a dit Sarah.

Je m'apprête à lui tourner le dos mais Justine se poste devant moi.

– Pauline, je suis désolée. J'ai fait ma langue de vipère, et je regrette.

– C'est trop facile, t'avais qu'à y penser avant.

– Pardon.

– Bon, tu la lâches, là ? intervient Sarah. Elle te pardonnera quand elle aura le temps.

Justine s'éloigne à regret.

– T'es vache, quand même, dis-je à Sarah.

– Si t'es pas vache, t'es bouse de vache, c'est comme ça la vie !

– D'où tu sors ce sublime proverbe ?

– De mon cerveau averti en vaut deux.

Bon, soit Sarah a pété un plomb, soit elle fait tout pour que j'évite de penser à Gaëtan. J'opte pour la seconde hypothèse, mais mon amie a beau redoubler d'efforts jusqu'à la fin des cours, l'absence de Gaëtan me tourmente à fond.

Dès que je suis arrivée à la maison, je me suis enfermée dans ma chambre en prétextant un contrôle de SVT alors qu'il était prévu la semaine suivante. (Promis, c'est mon dernier tout petit mensonge.)

J'ai imaginé tous les scénarios possibles et imaginables :

1 : Gaëtan s'était fait renverser par une voiture et il était à l'hôpital.

2 : Il avait trop honte de ce qui s'était passé entre nous et il avait séché les cours (merci Pestouille !).

3 : Il regrettait de m'avoir fait confiance et il pensait que j'avais raconté son histoire à tout le monde.

4 : Il avait…

– Pauline ! Téléphone !

(Vivement que j'atteigne mes 13 ans pour avoir un portable… Au moins, mes amis n'entendront plus ma mère criailler : « Pauline ! Téléphone ! »)

Je sors mollement de ma chambre, convaincue que Sarah va encore me faire une blague à trois balles. Je prends l'appareil des mains de ma mère et m'effondre sur le canapé.

– Salut, bouse de vache, lui lancé-je en faisant un effort surhumain pour être drôle.

Un silence accueille mon jeu de mots pourri.

– Sarah ? Ça te fait pas rire ?

– C'est pas Sarah, c'est Gaëtan.

Je recule le téléphone de mon oreille comme s'il allait me mordre. Mon cœur bat si fort que j'ai l'impression qu'il résonne dans toute la maison. J'ai deux options : m'évanouir ou répondre le plus naturellement possible.

– Ah ! Gaëtan, c'est toi ? (J'ai essayé d'imiter le ton des hôtesses de l'air.)

– Je te dérange ?

– Pas du tout ! J'étais justement en train de… ne rien faire !

Une petite voix me dit que je m'enfonce gravement. Une idée lumineuse me traverse l'esprit. Je lui demande :

– T'es venu au collège aujourd'hui ? Je t'ai pas vu.

« Qu'est-ce que t'es bête ! me dis-je. Il est dans la même classe que toi ; c'est impossible que tu n'aies pas remarqué son absence ! »

Heureusement, Gaëtan ne relève pas.

– Ben, justement, j'appelais pour ça. Est-ce que ça t'ennuierait de m'apporter les devoirs ?

« Reste calme. »

– Heu, oui, je veux bien. T'habites où ?

– Pas loin de chez toi. J'ai regardé sur les pages blanches

pour avoir ton numéro, on est voisins.

Il me donne son adresse. Avant de raccrocher, je lui pose la question qui me taraude depuis le matin :

– Au fait, pourquoi t'es pas venu au collège ?

– J'ai chopé la crève, hier, dans le square.

Et dire que je n'avais pas pensé au truc le plus simple du monde ! L'amour, ça empêche d'avoir les idées claires. Je repense à notre baiser et un frisson me parcourt la nuque.

– Ah bon, t'es malade alors ? (Bien vu, Pauline, continue à dire des trucs aussi pertinents !)

– Oui, mais ne t'inquiète pas, je ne t'embrasserai pas aujourd'hui.

Ça me fait « splatch » dans le ventre. Mais je n'ai pas le temps de mettre en marche ma petite musique : « OK, c'est une façon de me dire qu'il ne veut plus qu'on sorte ensemble, etc. » car il ajoute aussitôt d'un ton mi-sérieux, mi-amusé :

– On attendra après-demain.

– Oui…

Et je raccroche pour qu'il ne sente pas que ma voix tremble.

Quand j'explique à maman qu'il faut que j'apporte les devoirs à quelqu'un de ma classe qui est malade, elle dit d'accord sans me poser de questions. Elle a même un petit sourire entendu sur les lèvres, comme si elle comprenait tout ce qui se passait en moi. J'attrape mon sac de cours, et je file sans demander mon reste.

Une fois dehors, je respire un grand coup. Je regarde la rue que je connais par cœur, et pourtant, je la trouve changée. Il me semble que les arbres ont grandi, que les oiseaux chantent plus fort, et que même le trottoir est devenu plus large. Sarah me dirait : « Tu te fais un film. » Et elle aurait raison.

J'ai marché tout doucement pour savourer chaque pas que je faisais en direction de Gaëtan. J'ordonnais à mon cœur de battre moins vite. Mais essayez de parler à votre cœur quand vous êtes amoureux : il ne vous écoute pas !

Le mot de l'auteur

« La première fois que je suis tombé(e) amoureux(se) », c'est une phrase que vous entendrez tout au long de votre vie. Les gens adorent se souvenir de ce moment unique où, soudain, on a l'impression qu'on bascule (d'où l'expression « tomber ») dans un monde nouveau.

J'ai choisi de raconter cette première fois parce que le sentiment amoureux amène à découvrir des choses en soi qu'on ignorait complètement.

Comment peut-on imaginer, par exemple, que le simple fait de croiser le regard de celui ou de celle dont on est amoureux accélère un battement de cœur ? Les chansons n'arrêtent pas de parler de ça, du cœur qui bat. Moi, quand j'étais petite, avant qu'il ne m'arrive cette chose bizarre – tomber amoureuse –, je ne comprenais rien à ces chansons.

Pour moi, le cœur ne battait que lorsqu'on avait peur. (Je détestais accompagner ma mère à la cave pour l'aider à remonter mon vélo.)

Quand j'ai rencontré Éric (j'ai changé le nom dans le roman, Éric, ce n'est plus très à la mode), non seulement j'ai compris le sens de ces chansons, mais je me suis mise à écrire des poèmes où amour rimait avec toujours. (Bon, je sais, ce n'est pas très original.) En fait, c'est le sentiment amoureux qui a été pour moi le déclencheur de l'écriture, c'est un peu grâce à lui que j'écris des livres aujourd'hui.

Et puis, penser à un garçon, espérer qu'il m'aime, guetter ses moindres faits et gestes, être gaie quand il me souriait et triste quand il m'ignorait, toute cette avalanche de sentiments m'a transformée. Je n'étais plus la petite fille à son papa et sa maman ; je devenais une grande qui avait une vie secrète et passionnante.

Alors, vous avez le choix : manger de la soupe pour grandir, ou tomber amoureux(se). Personnellement, je n'ai jamais aimé la soupe !

Nathalie Kuperman

Du même auteur

Éditions l'école des loisirs

Les Signes, 2004
Attention, fou rire, 2004
Je suis méchant, 2005
Carlotta et les monstres, 2006
Vol, 2006
Pas un mot, 2006
L'Heure bleue, 2007
Mensonges et vérité, 2007
Le cauchemar qui voulait devenir pianiste, 2007
Carlotta et le poisson d'argent, 2008
Punie !, 2009
La liberté est une poussière d'étoiles, 2011
Sacrée Kornebik, 2011
Le garçon qui aimait deux filles qui ne l'aimaient pas, 2013
Ma mère est partout, 2013
Un monstre est entré dans ma vie, 2014

MIXTE
Papier issu de sources responsables
FSC® C118234

ISBN : 978-2-8096-60074

Dépôt légal : septembre 2017

Imprimé en Bosnie-Herzégovine
par GPS sur des papiers issus de forêts gérées durablement.

Mise en page par François Egret pour Amulette.fr,
correction de Catherine Schram ;
IGS pour la photogravure.